The
Antique
Shop

古董小传

哑舍

The Antique Shop

玄色◎著

晓泊◎绘

人民文学出版社

序

其实我在写《哑舍》正篇的时候，很多篇章就留了白，有一些想法和情景，例如反转的剧情，会破坏整个故事的基调，并不适合出现在正文里，就被我无情地删除了。

后来借着出版大画集的机会，写了几篇外传，让晓泊用绘本的形式画了出来，但也仅是有限的几篇。

此次和人民文学出版社合作出版《哑舍》的精装版，编辑建议我增添一些新的内容。

可是正篇里的每一部，都严格按照一部十二个故事加一篇后记的格式，加什么内容我的强迫症都不会允许。一部写一篇序？这个更夸张，哪有同一时间写五个序的？

编辑大人不死心地问我，有没有"外传"啊？

喏，我想起了之前大画集的几篇外传，但觉得如果只登几篇的话，我的强迫症依然不允许。

编辑大人微微一笑，说这个简单，你每个故事写一个外传不就够了吗？这个肯定整齐！

其实我的内心是拒绝的……

想想就是个大工程啊！六十个小故事，每个都要重新回到当初创作时的情绪里，再查当时查过的资料，非常细碎。

晓泊同学在旁边加了一句，说他最近正在画古董拟人，打算每篇都画……

编辑大人一拍桌，就这么定了！六十个故事、六十张古董图，再加六十幅拟人图，正好能出一本全彩的《古董小传》！

我的内心是崩溃的……

真是自己挖坑给自己跳啊！！！

不过有挑战性的工作，会让人更加有斗志。

虽然过程十分艰难，我也从来没有尝试过在极短的时间内，思维切换得如此迅速。

写《古董小传》的过程，是重新阅读正篇的文字，回忆当时的构思，找出当初的写作资料，从故事中找寻可以写外传的切入点，再写外传的大纲，最后动笔。

也许有人会讲，在已有的故事上写外传，应该会轻松一些吧？

其实并不，我的情绪要全部沉浸在当时的故事之中，才会有灵感。而且《哑舍》第一部和第二部的故事，可能外传还好写一些。但从第三部开始，就非常难了。很多故事从开头到结尾，一环扣一环，非常完整，很难在任何一个地方插入外传。一旦写不好，就不是锦上添花，而是画蛇添足了。

因此，有些外传，我穿插了主线剧情，又或者用老板的日常来代替。

所以，这本《古董小传》，大家通篇连贯地阅读下来，有可能会有时空错乱的感觉，那是因为每一篇发生的时间，都是不一样的。

因此强烈建议，配合正篇一起阅读，会更美味哦！

鱼纹镜

我叫鱼纹镜。

生于公元前 520 年，铸造者名叫欧冶子。

没错，就是那个炼剑的欧冶子。

什么？不相信？人家炼剑的就不能顺手炼面铜镜吗？有什么好奇怪的。

话说我的体内和其他铜镜可不一样，不光有"五金之英，太阳之精"的成分，还有一小块陨铁熔在了里面。

实际上，也是欧冶子不小心把那块陨铁掉在了炉子里，他自己都不知道……

然后，我就出生了！

照着后世的说法，也许是熔炉里，许多金属产生了各种难以捉摸的化学置换反应，我一出炉打磨完后还非常光鲜，但一遇到空气立刻就氧化了，变得灰扑扑的，连人影都没法照得清楚……

作为一面铜镜，当真是失败啊……

所以我立刻就被丢弃到了一旁，欧冶子也就熄了做其他器物的念头，专心炼剑……

咳，反正不知道过了多少年，我被一个女子发现了。

其实自从铜镜诞生以来，只有王和贵族才会拥有，我也是身份很高的！

这个女子是个侯府的歌女，意外得到了我之后，一点都不嫌弃我照人都照不清楚，每天都爱不释手。

只是没过多久，这女子就被来侯府的皇帝看上了，收入了宫中。经过若干年后宫争斗，这位女子成了皇后。

也许是认为我给她带来了运气，即使入宫后有了很多面光鲜漂亮的铜镜，她也没有把我丢弃。只是她入主椒房殿后，再拿着灰扑扑的我有点掉价，便把我转送给她的外甥。

唉，怎么男孩儿的好奇心就那么强呢？
那小子拿到我后，第一时间就去找了块布把我擦亮。
之前我并不知道我还有个特殊能力哦——如果有人擦亮我的表面，就会有机会与其他时空的人对话。
喏，那臭小子还以为镜子里面有个女鬼呢！
噗，真好玩！

不过这小子还挺争气的，年纪轻轻就征战沙场，简直就是武曲星下凡！
匈奴未灭，何以家为。
说得倒是冠冕堂皇，我可知道他心仪的，却是镜子里那个触摸不到的女孩子。
这可怎么办呢？他们压根儿就不是一个时空的人啊！
话说陪着这小子的几年，也不过占了我漫长生命中微不足道的一小部分。
但却刻骨铭心得让我无法忘怀。

他一直随身佩戴着我，把我放在胸前，离他心脏最近的地方。
我知道最开始的时候，他想让镜子里的她看到他的勇猛无敌。
可后来，他便默默地把我背了过去，不想让她看到战场的血腥残酷。
我一直陪着他，听着他心脏的跳动，保护着他的生命，即使利刃加身，即使我的背面留下了不可磨灭的斑驳刀痕。

原来，所谓的爱情，是这么痛啊。

上邪！我欲与君相知，长命无绝衰。

镜面还是出现了裂痕，在最后一战时，为了给他挡致命一箭。
可他还是死了，正当华年。
他死的时候，手中依然紧紧地握着我。
"阿瑶，下辈子，我们一定要相见。"

好。
只要是你所愿，我会尽我所能。
无论付出什么代价。

"痴儿，你这道裂痕不算深，我还是可以修好的，依旧可以跨越时空通话。"
"真的吗？"
"可若是修好了这道裂痕，你的精魄就要永远消逝了。"
"……"
"你可愿意？"
"愿意。"

香妃链

我叫香妃链。

生于……哼，本姑娘的生辰怎么可能轻易让旁人知道！不晓得女人的年龄永远是秘密吗？

不过，本姑娘的家世倒是可以说道说道。

想当年，乾隆爷……哦，不需要本姑娘介绍一下谁是乾隆爷了吧？

对，就是清朝的那位皇帝，在位时间最长的乾隆爷……

停！不许在心里换算本姑娘的年龄！

嗯，就是那位乾隆爷，为了哄他心爱的妃子，才命工匠做了我。

其实无论古今中外，对待女人就是一个招数。

就是——不开心，就买包包！

当然，在清朝的时候，还不流行买包包，流行送珠宝！

一个有权有势的男人要是费起心来讨好情人，那可是非常可怕的。

远有周幽王烽火戏诸侯，近有吴三桂冲冠一怒为红颜。

喏，乾隆爷倒没对香妃神魂颠倒以致失去理智，因为他向来温柔多情嘛！

不说后宫那么多妃子了，看看那些影视剧里的戏说程度。

什么六下江南，什么大明湖畔的夏雨荷……

啧，帝王多情，所以对香妃有情，也是一定限度的有情。

反正作为讨女人欢心的产物，我就诞生啦！

仿造新疆回部维吾尔族的纹路，镶嵌着从异域搜集来的七颗颜色迥异的宝石，工匠也算是颇费了一番心思打造我。

这七颗宝石分别是：蛋白石、青金石、托帕石、月光石、橄榄石、石榴石和黑曜石，在白皙的手腕上绕成一圈，不管从哪个方向看都是绚烂璀璨。

其实乾隆爷的心思还不仅仅如此哦，他特意嘱咐工匠在镶嵌宝石的时候，弄得松一些。

为什么？

有钱！任性！

乾隆爷在把我送给香妃的时候，深情地说，这是一条回忆手链。

一颗宝石代表着一个愿望，什么时候宝石掉落，就证明愿望会实现，可以找回丢失的东西。

所以我并不是真正的礼物。

乾隆爷送给香妃的，是一个男人对一个女人的承诺。

允许对方索取七个愿望。

作为帝王来说，这也算是恩宠深重了。

香妃第一个想要找回的，就是她丈夫霍集占的尸骨。

乾隆爷虽然不爽，但也捏着鼻子忍了，吩咐人去收敛安葬。

而香妃第二个想要找回的，就是她的故乡。

乾隆爷又怎么可能放她回去？于是在宫中按照维吾尔族的建筑样式，修建了宝月楼和忘家楼，权当完成了香妃的心愿。

当然，我也要符合乾隆爷的游戏规则。

不声不响地，相应的蛋白石和青金石都已经消失了，就只剩下了五颗宝石。

香妃却再也不想戴我了，也许她是看清了乾隆爷的本意，只是想打发时间糊弄她罢了。

我便一直被放在了锦盒之中，暗无天日。

时光荏苒，岁月如梭……

好吧，就不允许我文艺点吗？！

反正就是好多好多年过去了，我辗转许多人的手中，但可能因为缺了两颗宝石，被各种嫌弃！

　　哼！对于不识货的人，本姑娘是没什么好说的！

　　我现在被一个古董店的老板收藏着。

　　这个老板的店里有很多奇怪的古董，来自各个朝代，观点和信念完全不一样。不过大家八八卦还是很开心的！

　　只是这个老板喜欢随便送东西的习惯真是不好。

　　果然，今天我就被送出去了！

　　好吧，小姑娘嘛！我还是很喜欢小姑娘的。

　　不过，什么找回失去的东西，我可没有这么厉害。老板可真会忽悠人！

　　什么一颗宝石可以找回一个丢失的东西，这小姑娘怎么还当真了？

　　这么多年过去，我的锁扣因为腐蚀老化，松了点不是很正常嘛。

　　呸呸呸，本姑娘还是很年轻的！

　　不过因为锁扣松了，掉在地上，我身上的宝石又丢了三颗……

　　喂！你们谁以后在路上看到了我掉下的宝石，记得捡起来交还给老板啊，都很贵的呢！

人鱼烛

烛并不能像老板那样，在茫茫人海中分辨出自己最在乎的那个人，究竟是谁。

　　所以她一遍又一遍地问着，问着每一个能看到她的人。

　　"人生究竟有多长？"

　　小和尚在变成老和尚死去之后的第一世，因为上一世吃斋念佛所积的功德，他投胎到了一个小康之家，平平安安地度过了几十年，无病无灾。

　　那人回答："人生，就在几十年之间。"

　　小和尚的第二世，成了一个农家子弟，每日为吃食忙碌，中年因为遇到一场饥荒，饿死在田地里。

　　那人回答："人生，就在饭食之间。"

　　小和尚的第三世，成了一个富贵子弟，可惜身患重病，有时急病发作，就会窒息晕厥。

　　那人回答："人生，就在呼吸之间。"

　　烛寻找了小和尚一世又一世，度过了一年又一年，终于知道再也没有人会对她说出那句话。

　　小和尚已经死了，转了世的他虽然拥有着一样的灵魂，可是却再也不是那个人。

　　不是那个只会每日每夜仰望着她默默微笑的小和尚。

　　不是那个会讲诵佛经对荣华富贵毫不动心的小和尚。

　　不是那个宁可自己手心烧伤都不肯吹熄她的小和尚。

　　不是那个她想要的小和尚……

人生，就在你我之间……

你已经不在了，可是为什么我还在？

她死了心，绝了情，把自己关在一间屋子里，寂寞而又孤独地燃烧着。

有时，只是有时，她会想起记忆中的那个小和尚，为他淌下一滴烛泪……

黄粱枕

我不知道自己已经活了多久了。

自我有记忆以来，就喜欢穿梭于现实与梦境之间，窥视人类的梦境，旁观他们的沉迷，这是我生存的乐趣。

梦境可以让人类逃避现实，可以让人类实现在现实中实现不了的愿望、野望甚至于欲望……

只要留恋梦境，就容易分不清现实与梦境的界限，就会沉迷其中。

我可以，让人类一梦不醒。

很少有人会抵挡住这种诱惑，在梦里，身份、地位、金钱、美女……想要什么就有什么。

我就是喜欢看那些千篇一律的梦境，直到那些梦境中滋生出美味的欲望，我就会一口吞下。

人类的意志真的很脆弱，真是无趣。

我一直居无定所，从一个主人手中到另一个主人手中。

直到我遇到了那个人。

那个人很奇怪，像是无欲无求，无悲无喜。

这样的人滋生出来的欲望，一定更加甘美。

我努力了很久，才让那个人沉入梦乡。

我以为会看到和别人一样的梦境。

可是，却不一样。

在那个人的梦境里，我看到另外一个人登上皇位，安定天下，一片祥和。直至两人寿终正寝，那人便从梦境中清醒过来，睁开了双眼。

"谢谢。"那人抚着我，温柔地笑着。

却再也没有枕着我睡过一次。

我看着那人的笑容，总觉得比哭还难看。

为何不睡觉？

为何不想做梦？

是因为梦境越美好，醒过来时就越痛苦吗？

那就不要醒过来好了。

好不好？

我叫黄粱。

浮生若梦，为欢几何。

今晚，你想要做什么梦呢？

越王剑

吾是一柄剑。

身长一尺有余，比寻常青铜剑略短。

并不是每一柄青铜剑都能有自己的意识，生成剑灵。但只要是名剑，就肯定有剑灵。

或在铸成的那一刻，或在饱饮了鲜血之后。

每一个剑灵都有自己的性格。

或因为锻造而成的时间，或因剑身形状，或因锻造成分，或因铸剑师心血……更或者是因为杀戮过盛而煞气冲天。

例如巨阙剑身钝而厚重，性格也迟钝稳重。承影优雅精致，如影随形，性格跳脱不可捉摸。龙渊大气凛然，杀人时必恭敬对决，绝不在背后刺冷剑。

并不是每一柄剑都喜欢见血。

但我们无可选择，因为刀剑是凶器，本就不应该有思想。

被谁握在手中，就只能任其使用。

可刀剑也不是谁都能握得住的，越是锋利的刀剑，就越被人觊觎，主人也换得越频繁。

而每柄剑，也不仅仅只能被当成砍杀的凶器。

吾名属镂，属乃从属之意，镂乃坚铁。

吾是一柄可令人臣服的王者之剑。

只要握住吾，便可令旁人臣服。

如有异心，杀无赦。

吾的剑身并不长，可以用来防身，也可以用来对准臣下。

吴王夫差曾经是吾的主人，用吾赐死了伍子胥。

而九年之后，吾的主人便换成了越王勾践。

飞鸟尽，良弓藏；狡兔死，走狗烹。

那范少伯倒是看得很清楚，也离开得很果决。

甚至还给好友文种写了封信，劝其隐退。

可吾的剑身早已对鲜血渴望已久。

没过多久，吾便被主人赐予了文种。

敌国破，谋臣亡。

天下已定，我固当烹！

也许是文种的死唤醒了越王残存的理智，想要把吾折断。

最后不得其法，只能把吾放进黑匣，贴上封条，不见天日。

吾想，他应是明白了，属镂的真正意义。

吾并不是令旁人臣服的王者之剑。

而是令使用者臣服的沉沦之剑。

有趣，吾天真的主人，以为这样就可以摆脱吾了吗？

逃避是解决不了任何问题的哦！

几年、几十年、几百年、几千年……

吾都等得起。

吾的主人。

你现在，又在哪里呢？

山海经

我也不知道自己在这个世上活了有多久。

我出生在扶桑树上，那时我的羽毛还是黑色的。

我还有九个哥哥，我们所居的扶桑树在东方的山谷之中，树下有一个温泉。因为是在中原大地的最东方，所以很多人都以为太阳是从我们这里升起的。

阳光的映照下，我和哥哥们在扶桑的枝叶间嬉戏玩耍，就像是染上了一层金色光芒。

那时，人们认为是我们每天驭着太阳升起，恭敬地称我们为三足金乌。

又不知道过了多久，中原大地许久没有下雨，旱魃出来作乱，农田一片枯槁，饿殍遍野。

我们也找不到食物，不再每天轮流觅食，而是一起飞出去。

人们找不到元凶，便认为是我们兄弟的错，没有每天按照次序出现，一起出现在空中才导致了大旱。

荒谬至极。

我们想跟他们理论，但回应我们的，是后羿的箭。

扶桑尽可能地用繁茂的枝叶保护着我们，可惜后羿的箭太准也太狠了。

鲜血洒满了扶桑的枝干，我的兄长们一个接一个地在我的眼前死去，我仿佛听见了扶桑的哀鸣。

最后只剩下了我。

我在一夜之间长大了，褪去了幼时的黑羽，换上了一身青衣。

扶桑的叶子，也在一夜之间全都掉光了。

我不知道怎么报仇，后羿实在是太厉害了。
现在想起那锐利的箭矢，我都会瑟瑟发抖。
扶桑安慰我，说要好好活下去，才能不辜负兄长们的遗愿。
他托付了朋友，传话给了西王母，让我去了昆仑丘。

我现在长得跟原来完全不一样。
赤首黑目青羽，唯一相同的就是三足。
可并没有人猜到我就是三足金乌。
我在昆仑丘住了下来，替西王母取食送信。

可我不想忘了兄长们。
我经常装成兄长们的样子和性格，轮流在其他人面前出现。
他们笑话我，但最终还是觉得西王母的青鸟一共有三只，还特意分别
为这三只青鸟取了名字。
嘻，其实，只有我一个。
西王母亲昵地称我为——三青。

再后来，舜帝登基，洪灾肆虐。
听说有个叫禹的人在努力治水，但我知道那都是徒劳。
每次经过水灾那里，都会看到一群群的嬴鱼。
有那些小东西在，水灾哪里可能那么容易就治好？

又过了没多久，扶桑来找我。
我很震惊，扶桑是神木，虽然已有精魄，但不能离开本体太远。
除非，他已心存死志。

"三青，我带你去个很好很好的地方，可好？"扶桑温柔地笑着。

"你是想要封印所有凶兽吗？不，应该是想要封印所有拥有超出凡人能力的存在，无论是凶兽，还是吉兽。因为如果没有了凶兽，吉兽也会变成凶兽。"我听见自己淡定地分析着。其实这不是我自己，而是三哥。如果三哥还在，他一定会这么说的。

"三青，你真的很聪明。"扶桑笑得更温柔了。

"你用你的本体封印我们吗？把我们放到另外一个世界？与中原大地分隔开来吗？"

"是一个个单独的地方哦。三青，也许会寂寞，但我会永远陪着你哦。"

"……好。"

骗子。大骗子。说什么会永远陪着我。

他化为木片，让舜帝写成《山海经》，封印了所有凶兽和吉兽，连一些容易出现凶兽吉兽的地界也全部封印了起来。

可这个世界上，再也没有了扶桑。

失去了精魄的那些木片，我可不承认那是扶桑。

斗转星移，沧海桑田。

不知道过了多少年，我又重新看到了太阳。

还是一样的耀眼。

我也看到了一个和扶桑笑起来很像的人。

那人把我抱在怀里，固执地跟同伴宣布。

"我想养它。"

真的吗？

不要再骗我了。

要养我，就一辈子不要放手哦。

水苍玉

它是一块玉，在很久以前与和氏璧是同一块玉。

但在和氏璧成为传国玉玺时，它便被切割出来，成为单独的一块玉。

同时被切割出来的，还有一块比它更大更白一点的玉，算是它的同胞哥哥，但也许久未见。

它可以让魂魄暂居，见过了许许多多、各种各样的灵魂。

有的灵魂愤恨不公，有的灵魂哀怨悲伤，有的灵魂恋恋不舍……

但它的能力，也不过是让他们暂留在人间七日。

时间一到，或魂飞魄散，或重入轮回。

它初时还会被这些灵魂牵动着喜怒哀乐，但次数久了，便也能淡然处之。

生生死死，如过眼云烟，时间终究会埋葬一切。

它留在世间已经太久了，久到它数次被转手，几次被琢玉师修改雕琢外形，变得越来越小。

又辗转数年，它来到了一个古董店。这里的古董都会说话，每天店里都热闹得很，它初时不太习惯，待久了也觉得舒心，毕竟它们都是同类。

"弟弟，你怎么还在发呆？每次见你都是在发呆。"出声来骚扰它的，是当年的同胞哥哥，它们也没想到会时隔这么多年，在这样一个小小的古董店重逢。

它没有回话，虽然它们名义上是兄弟，可实际上对彼此非常陌生，它也不知道该说什么。

"喂，你真无趣。"

它的同胞哥哥，现在是一枚长命锁，并不住在这间古董店，而是挂在

一个医生的脖颈间，经常来这里而已。

"弟弟，我真羡慕你，可以住在这里，离上卿大人最近。"

上卿大人？指的是这间古董店的老板吗？哦，对，好像在很久远的过去，那个老板是这样被人称呼着。

"如果可以，我真想和你换换呢。我其实，最想留在上卿大人身边。"

"上卿大人身上封印的那条恶龙，最近数年开始蠢蠢欲动了吧……"

"上卿大人应该把我戴在身上克制那条恶龙的。"

"可他却要我去保护那个人。"

"生生世世。"

"真是嫉妒啊……"

它好像，听到了什么了不起的秘密呢……

不管了，反正跟它也没有什么关系。

巫蛊偶

他信步走在未央宫之中，轻松写意。

虽然来来往往的内侍们都在心底里纳闷为何皇帝身边没人跟随伺候，但依旧退避在两旁，低头弯腰行礼。

他隐晦地勾了勾唇角，控制自己把脚步走得更稳重一些。

原来，行走在阳光下，是这样的感觉。

他轻车熟路地继续向前走去，假装没有看到内侍们压抑的轻呼声和惊讶的眼神。

因为再往前走，就是椒房殿。

那间天下最尊贵的女子所居住的大殿，皇帝已经足足有五六年没有踏足过了。

这天又要变了？也保不准皇帝因为什么想起了当年的金屋誓约，心血来潮想要见见皇后。

有心思灵活的，在皇帝离开的瞬间，便特意绕小路抄近道奔去椒房殿报信。

他的脚步越发沉重了起来，并没有因为椒房殿近在眼前，而感到雀跃。

心里反而越发忐忑不安起来。

他隐晦地瞥了眼脚下，再次确认他的身后，有影子。

他的迟疑，落在内侍们的眼中再正常不过了。哪怕皇帝现在转头就走，也是情理之中的。

他的步伐虽然慢，但依旧一步步地走近了椒房殿。

椒房殿的宫女们连忙迎出殿外，匍匐在地迎接圣驾。

他目不斜视地走进殿内，一眼就看到了坐在椒房殿中央，一身红衣的她。

殿内没有点灯，光线太暗，他看不清她脸上的表情，只能停下脚步，不敢再上前。

"皇后。"他模仿着某人的语气，带着淡淡的嘲讽，学得惟妙惟肖。

她盈盈起身，一步一步地朝他走来。

从殿内的黑暗中走了出来。

绣着牡丹的裙摆、叮咚作响的环佩、艳色的腰带、垂在胸前的秀发、线条优美的下颌……依次展现在阳光之下，灿烂瑰丽得让人眩晕。

他的呼吸加重了几分。

她发现了吗？

她会发现吗？

她能发现吗？

一只秀美白皙的手朝他伸了过来，拉住了他的手腕，把他朝殿内缓缓拉去。

她的力道并不大，但他却没有也不想挣脱，顺从地被拉入了黑暗之中。

跪在外面的宫女们小心地交换了一个眼神，喜不自禁地纷纷起身，轻手轻脚地把殿门合拢。

殿门在身后关上，整个殿内隔绝了阳光，又恢复了往日的阴暗。

只能从窗棂处透过来的一道道光下，看见灰尘在跳舞。

他接下来该怎么做？是要甩开她的手腕，还是反客为主强势地握住？

她却先一步松开了他的手，走到案几前揭开灯罩。

一缕柔和的光照亮了大殿。

他听见她冷冷地问道。

"你把他怎么了？"

他如坠冰窖。

因为燃起的灯，他才看到她脸上的表情，冷若冰霜，全然没有一丝喜意。

"皇后，你在说什么？他是谁？"他不甘心地做着垂死挣扎。

他明明就是他！

用了他的身体！

也有影子了！

所有人都能看到他！

如果他愿意，这世上再也没有刘彻！他会代替他活下去！

"我不知道你用了什么方法，附到了他的身体之上。

"但你要知道，你的本体在我手上，我很轻易就能摧毁你。

"所以，放了他，我可以当这件事没有发生过。"

她的声音锐利如刀，一字一句都像在他的心上凌迟。

如果他有心的话。

原来，他无论做什么，都比不上他。

"为什么？"他忍不住上前几步，来到了她面前，"这样不好吗？皇帝来到了椒房殿。这不是你一直以来的期盼吗？"

"如果不是他，这就没有任何意义。"她冷酷地回答道，凤眸里没有一丝温度。

"你会治理国家保证百姓们安居乐业吗？

"你会批阅条陈分辨臣子的忠奸好坏吗？

"你会根据军报判断千里之外的敌情吗？"

她每一个问题，都让他不由自主地后退一步。当他的背接触到一面坚硬的东西时，才反应过来他居然已经退到了殿门前。

"不，你不会。"她掷地有声地说道。

他自惭形秽地闭了闭眼，坚决地转身拉开殿门大步离去。

阳光虽然耀眼而又炽烈，可是他却感受不到一丝温暖。

殿外传来宫女们的疾呼声，在挽回离去的皇帝，哪怕回头再看一眼。

她默立在油灯前，摩挲着指尖。

原来，已经有那么久，没有碰触过他了啊……

许久之后，她微微一笑，重新把灯罩盖上。

大殿内，又恢复了一片黑暗。

刘彻从沉睡中惊醒过来，看着眼前摊开的竹简，半晌没有回过神。

在批阅条陈的时候昏睡过去，这对于他来说真是少有的事情。

喏，这篇条陈他真的有看过吗？为何一点印象都没有？

刘彻正打算从头翻起，就听到内侍来报，说卫夫人来了。

"子夫，你且等一下，朕看完这篇条陈就歇息。"也许是方才睡得踏实，刘彻的心情很是不错，还能自嘲地笑道，"我倒要看看，是什么条陈能让朕看睡着了，一睡就是一晌午。"

卫子夫本是听闻皇帝今日去了趟椒房殿，匆匆忙忙赶来的。此时见刘彻闭口不提此事，便也乐得陪他糊涂，从殿内退出来便下令后宫诸人不许多言。

皇帝去了椒房殿，逗留了只有几句话的工夫，就夺门而出。

想必是椒房殿的那位，又说了什么不该说的话，让皇帝难堪了。

卫子夫温柔地笑着，目光却透过重重殿阁，遥望着那椒房殿。

那座宫殿，也许，是时候换个主人了。

虞美人

项羽坐在王帐中，低头擦拭着手中的虎头盘龙戟，这柄神兵利器已经伴了他许多年，正如同她一样。

一旁的花盆中插着一朵艳丽的虞美人花，这是她最爱的花朵，项羽就算在战败之时，也都一直随身为她带着。

远远听到帐外传来低低的歌声，是他许久未闻的楚地歌谣，项羽微微出神。

帐帘抖动，虞姬端着吃食步入帐内，绝美的面容上有着些许疲惫。

项羽待她放下手中银盘，单臂揽过她的纤腰，把她紧紧地搂在怀中。

"虞姬，等明日过了乌江，我们从头再来。"项羽抚着她如云的秀发，坚毅地发着誓。可是他的话戛然而止，他愕然地把虞姬从怀中拉开少许，难以置信地看着腹间插着的那柄利刃。

项羽失控的表情只是一瞬，便恢复了从容，低低浅笑道："虞姬，你伴在我身边这么多年，为的就是这一刻吧？可是，为什么还刺偏了？"不光是没有刺中要害，而且利刃卡在了腹部的软甲处，看上去伤势根本没有那么严重。

虞姬苦涩地勾起唇角，她自小被当成间谍培养，潜伏在项羽身边数年，几乎都要忘记自己的身份了，直到之前不久收到的密令，才提醒了她究竟是以一种什么样的目的接近面前这个男人的。

项羽伸手触碰虞姬湿润的眼角，不在意地笑着道："无妨，你的双亲和弟弟，我都已经派人接到江东去了，没有人再能要挟你了。"

虞姬泪如雨下，抖着嘴唇艰难地说道："羽，我其实是个很合格的内间。"

项羽闻言低头戏谑地看了眼腹间大半还露在外面的利刃，"是，你是个很合格的内间。"项羽并不以为意，虞姬在他身边这么多年，从未见她做过不利于他的举动。帐外的四面楚歌虽是刘邦让汉军所唱，但与虞姬应该没有关系。至于输给韩信，是他技不如人，绝不是什么情报外泄。

虞姬绽放出一个绝美的笑容，但唇角却已溢出一点殷红，项羽大惊失色，连自己的伤势都顾不得了，连忙想要招呼人进帐。他这才知道虞姬说的"合格的内间"是何意，她何止是内间，她是死间啊！她事先就吞了毒药，根本就没打算活下去！

"羽，你不是一直想知道我的名字吗？"

"我叫虞翠，羽卒翠……多不祥的名字啊……所以我不想告诉你啊……"

"羽……活下去……"

虞姬的手抬起来想要碰触项羽的面颊，最终还是在半空中永远地垂了下去。

帐外越来越多的士兵开始传唱楚歌，在夜风中如同为虞姬奏响的悲歌。

"力拔山兮气盖世，时不利兮骓不逝。骓不逝兮可奈何！虞兮虞兮奈若何！"

当夜，项羽带着八百子弟兵，奔往乌江畔，他的胸甲前别着一朵艳丽的花。

"羽！你怎么睡着了？那边的花还没浇水呢！"熟悉的声音把他从前世的梦境中唤醒，一样的容颜，让他有种时空错乱的茫然感。不过他随即微笑，她还活着，在他的世界里活着，这很好。

前世的最后离别实在太过凄苦，他不想让她想起，也不想她知道他最后没有完成她的愿望活下去，而是选择了和她一起死。

不过，谁会知道最终都发生过什么事呢？

反正那个曾经战胜过他的人答应他，不会让她完全清楚地记起前世的事，而只是用那颗跨越千年的虞美人种子唤起她的些许记忆。

也只有这个单纯的小妮子才会相信他西楚霸王项羽是个喜欢种花的宅男，傻傻地守着一颗不发芽的种子浇了七年……

项羽看向虞翠年轻而富有朝气的面容，那上面盈满的全都是喜悦和幸福，就像是一朵在太阳下盛开的花。

昔日的西楚霸王掩住因为回忆往昔而在面容之上呈现的霸气，转为一个平和温柔的笑容。

不过，这样也很不错呢……

白蛇伞

白露扶着受伤严重的青衿，绝美的面容上满是哀伤。这次她们受的伤太严重了，而且对方专门挑着她们法力最弱的端午节来袭。她还能勉强支撑人形，但法力比她弱很多的青衿已是强弩之末，马上就要被打回原形了。

"姐姐，小青这就走了，如果我还能记得姐姐，那就再等我几百年。"青衿的朱唇染着血，微笑道。

白露缓缓地点了点头，被打回原形就代表着神智也会回归混沌，如果伤得太重，恐怕小青就会变回一条神智未开的普通青蛇。她想要承诺会照顾她，可是她现在自身难保，只好默默地点了点头。

"姐姐，你与我不一样，只要你的本命珠还在，就可以重新凝炼身体……"青衿说话已经很困难了，身形若隐若现，但她还是坚持把话说完，"姐姐……找个最安全的地方……把你的本命珠藏好了……"

白露低头看着躺在她掌心伤痕累累的青蛇，用仅剩的法力，让它的伤痕愈合。青蛇醒了过来，歪着头警惕地看着身边的白露，也许是她身上的气息让它感到熟悉，便讨好地蹭了过来。

青衿是白露几百年前捡到的一条青蛇，因为修炼太过于清苦孤寂，白露便忍不住为这条青蛇开了神智，助她修炼。

不过这一回，还是放手吧。

弯腰把青蛇放在草地上，看着它依依不舍地离去，白露绝美的面容上凄厉无双。

她多少也能猜到她的情劫难过，但过不了情劫又有什么呢？她太伤心了。

她在这个世上已经太久了，久到已经没有牵绊能让她继续活下去了。

给本命珠找个最安全的地方吗？

可是，哪里又是最安全的地方呢？

白露从口中吐出本命珠，因为她妖力受损，原本如珍珠般润泽的本命珠已经暗淡无光，就像是普通的石子一样。

白露慢慢地走回自己的家，正好看到墙角不远处一闪而过的袈裟。

那抹红刺目无比。

"娘子，草药可采好了？快来吃饭吧！"屋中，她爱过的男人，正用和往日一样温柔的话语呼唤着她。

白露闭了闭眼睛，感受着阳光洒在身上的温度。

午时三刻，正是她妖力最弱的时候。

白露扯开一抹僵硬的微笑，步入小院之中，正好看到院子中央那一桌酒菜。

而她爱过的男人，正为她倒了一杯雄黄酒，殷勤地递了过来。

白露低头看着手中摇曳的酒液，映照着自己扭曲的容颜。

"对了，这颗珠子给你。"白露接过酒杯，用另一只手握着自己的本命珠毫不在意地伸了出去。

男人愣了愣神，不知道为何妻子会给他这颗毫不起眼的小石子。他笑了笑，一边打算伸手接过来一边道："是在林子中捡的吗？"

白露顿了顿，便把手中的本命珠毫不留恋地向后扔到了院子外。

"是啊，是我捡的，现在不要了。"白露轻描淡写地说着，然后低头默默地喝掉了手中的雄黄酒。

冰凉的酒液滑过喉咙之时，她的眼角也滑过一滴清泪。

"你这个恶僧！居然骗我！你骗我说我娘子被妖魔附身，我才给她喝这杯雄黄酒的！"男人状如疯魔，死命地扑打着一个年轻的和尚。在不远处，静静地躺着一条美丽的白蛇，只是已经毫无声息。

年轻的和尚皱了皱眉，有些不知道该如何应对。他斩妖除魔，难道还有了错不成？他早看出来这条白蛇功力深厚，若是被她看出她夫君有何异样，定会逃之夭夭。所以他便连她的夫君一起骗了，连番除去她的侍女，重伤了她之后，才有了机会。

只是他没想到，这一杯掺了料的雄黄酒居然就能轻易结果了她。

年轻的和尚拧紧了眉头，反复观察之后才道："善哉，此妖不知把本命珠给了谁，所以才有此下场。"

"本命珠？"男人踉跄了一下，忽然想到之前妻子递给他的那颗毫不起眼的小石子。他发了疯似的向院外跑去，可是院外的沙子地上，满满的都是形状差不多的小石子。

看着男人跪在地上，魔怔一般地翻找着，年轻的和尚一想便知发生了何事，他合掌叹道："痴儿，两个都是痴儿。是她不想活了啊……"年轻的和尚想来也是后怕，他原打着最坏的结果，可最终却是无比顺利，收了这条白蛇的精魄镇压在雷峰塔下。只是他决定不再多言，等那条白蛇的精魄重新聚集妖力再回人间，她爱着的这个男人，想来早就已经化为白骨了。

也许，是爱过的男人呢。

年轻的和尚一撩袈裟，宣着佛号默默地离开了。

众生皆苦，想要出世必先入世，他要体会的还很多。

男人依旧跪在地上寻找着属于他妻子的本命珠，只是那颗本命珠实在是太小了，也许会被一阵风刮走，也许会被鸟儿叼走，也许会被深深地埋在泥土里。

看着院子里毫无声息的美丽白蛇，男人想起那和尚说的话。

是她不想活了啊……

所以才那么淡然地扔了本命珠，所以才那么坦然地喝了他递过去的雄黄酒……

男人握紧了拳，他和妻子亲密无间，怎么会感觉不到她的不对劲。只是他从未想过妻子会是修炼多年的妖精，但妖精又有什么？他的娘子从未杀过生灵，比任何人都要干净。

男人知道，妻子不想活了，肯定是因为他的欺骗。

可是他也是被人骗了啊……

男人抱着毫无声息的美丽白蛇，泪流满面。

许久之后，男人娶了另外的妻子，也有了好几个孩子。

他的亲人们都知道他有一柄美丽的白伞，随身携带，无论晴天还是雨夜。

"怨恨着我吧……我另娶了妻子……还剥了你的皮……抽了你的骨……

"所以……请一直怨恨着我吧……

"一定要来找我……

"生生世世……"

长命锁

长命锁，传说能替新出生的婴儿辟邪去灾，锁住生命。

很多婴儿佩戴长命锁一直到成年才可以摘掉。

有一家人，夫妻恩爱非常，丈夫却在一次车祸中丧命，妻子悲痛欲绝中发现她怀了丈夫的遗腹子。

可是儿子早产，生下来的时候只剩一口气。

女人祈求各路神仙，最后在泪眼模糊中，看到了一位年轻的先生站在了她面前。

那位先生问："你真的想让你儿子活下去，不惜任何代价，包括你自己的生命吗？"

女人点头。

先生说："我这里有个长命锁，可以换你的寿元十二年，然后锁住你儿子的性命十二年。到他十二岁那年，锁断，人死。说是'长命锁'，实乃'偿命锁'。"

女人求他："难道不能让他长大成人吗？"

先生摇头道："你剩余的寿命只有十二年，全部已经换给你的儿子了。"

女人继续求他："若我愿堕入无间地狱，忍受地狱的煎熬呢？"

先生想了想道："最多，只能延长两倍时间。到他二十四岁那年，我会亲自取回这把长命锁。"

女人含笑而逝。

医院的花园里，本应离开的先生并未走远，而是站在一株盛开的玉兰树下，仰头看着那间病房。

一阵春风吹过，枝头摇摇欲坠的玉兰花瓣倏然而落。在空中打了几个转，落在地上的那一瞬间，竟变成了几瓣粉嫩的莲花瓣。

"上卿大人可真坏，在下哪有你讲得那么吓人？还偿命锁？"空中传来一声细小的抱怨，听上去像是个孩子，但语气声调又故作成熟。

"人类都很奇怪，不付出什么就得到，反而会不够珍惜。"年轻的先生淡然道，"快回去吧，劳烦你又要陪他一阵了。"

"上卿大人真坏，明明知道在下更喜欢留在你身边……"那声音哼哼唧唧地抱怨着，更多的玉兰花掉落下来变成了莲花瓣。

"乖，只有你在他身边，我才放心。"年轻的先生温声劝慰道。

"嘤嘤嘤嘤，每次都这样糊弄人！"那声音委屈着，忽然又转了一个调皮的声调道，"嘻，说不定在下，真的是偿命锁哦！"

这次却未等年轻的先生回话，那声音便逐渐远去，最后一个字都隐没在了春风中。

年轻的先生并没有把戏言当真。他微微勾起唇角，最后看了眼那间病房，便举步离去。

他没有注意到，他脚下的莲花瓣又恢复成了玉兰花。

旋即，这些刚掉落枝头的玉兰花就变得干枯、腐烂，最后化作飞灰，被春风一吹便消散而去……

赤龙服

好恨……

我不知道该恨什么，或者该恨谁，可是胸口总是盈满了怒火，翻腾不息。

有人告诉我，我是集世间的怨气而生。

那人还说，如果我被本能所驱使，便会危害人间，继续汲取怨气，越发壮大自身，最终成为祸患。

我自睁开双眼，看见的第一个人，就是他。

他用自己的鲜血浸线，亲自绣上了我的眼睛。

我不知他说的是真是假，但胸口翻腾的怒火并不作假。

"汝名赤龙，可愿护我一生？"那人一边缓缓地说着，一边把绣着我的衣服穿在了身上。

我伸展着身体，在黑色的布料上游走，却发现完全无法挣脱。

为何把我囚禁在这片破布上？

我盘住他的身体，他的腰身纤细，仿佛只要一用力，就能把他绞死在我怀里。我锋利的牙齿对准了他的喉咙，只要他有何异动，便能咬碎他脆弱的脖颈。

"不愿！快放吾出去！"

"赤龙，做个交易可否？"

"说。"

"你就算这样冲出桎梏，也不过是一团线。若你护我一生，在我死后，这具身体便归你所有。"

"……哼！也罢，人类的一生都很短暂的，吾忍之。"

就这样，我做了一个，一生都完结不了的交易。

四季图

九月的北京依然夏日炎炎，故宫的武英殿前排满了长队，即使是在烈日的暴晒下，即使已经排了好几个小时，游客们也都兴致勃勃。

　　石渠宝笈特展开幕，包括《清明上河图》《五牛图》《伯远帖》《游春图》等难得一见的国宝重器同时展览，是难得一见的盛事。尤其像《清明上河图》全卷十年来首次展出，但凡有时间有条件有兴趣的人，都不愿错过这次展览。

　　身为志愿者的小王已经第 N 次控制不住自己的目光，装作不经意地回头一瞥，看向不远处排着队的游客们。

　　"是不是很帅？哎呀呀，会不会是什么明星呢？但又不像。你说我上去合个影他会不会答应？"旁边的同事凑过来，在她耳边低声唠叨着。

　　"老实待着吧，看在他前面的那几个小姑娘，自拍什么啊？肯定是在找角度拍他呢！"又一个同事也蹭了过来，羡慕嫉妒恨地讨论着。

　　她们口中的那个人，现在正站在太阳下规规矩矩地排着队。

　　其实要说帅不帅，小王这个 200 度的近视眼还真看不太清楚对方的脸。但只要一眼扫过去，视线一定会被黏在那人的身上，就像是有魔法一般。

　　那个青年看起来也就是二十五六岁的模样，穿着简单干净的白衬衫和牛仔裤，戴着一副黑框眼镜。他的腰脊也没多挺直，看上去只是随随便便地站在那里，但就有股说不出的高贵矜持。阳光照在他的身上，白衬衫都像是散发着光晕，衬得他整个人都熠熠生辉。

　　"他背着画筒呢，你说是不是画画的艺术生？"同事甲握着拳兴奋地猜测着。

　　"我都打听过了，安检那边的人说，这个男生带着的画筒说什么都不肯过安检机，说里面的是古绢，怕有损害。"同事乙更八卦地说道。

"咦？古绢？就是古时候供书画用的绢素？"能来故宫当志愿者的都是有些古董知识的，闻言越发诧异。

"没错，他们当场拆开检查过，发现只是三卷空白的绢素。画筒单独过了一遍安检机，没发现什么异常。就是因为不常见，再加上当事人这么帅，所以安检那边的人记得特别清楚。"

她们还想继续聊下去，但对面的负责人向她们投来了警告的眼神，三人立刻噤声分开。

小王旋即被负责人叫去武英殿内帮忙维持秩序。为了保护古画，殿内光线昏暗，也不知道过了多久，小王的眼前忽然一亮，那位白衬衫帅哥终于排到参观了！

小王站在入口不远处，当白衬衫帅哥经过她面前时，她几乎是下意识地屏住了呼吸，盯着他从面前走过，连眼睛都忘记眨了。

近距离看，这人并不是非常帅气，但浑身上下有种独特的气质，令人为之目眩。

小王的视线就再没离开过这人身上。

他进殿之后，在第一幅画作前就站定了。在他后面的游客愣了一下，想要提醒他往前行，却犹豫了一下，绕过了他。此后的游客就像是达成了什么默契，一个接一个地从他身旁绕过。

他向前倾下腰，想要离古画们更近一些。

玻璃展柜里的灯光反射出来，映照在他清秀俊帅的脸容上，就像是古朴典雅、细腻精致的瓷器。

每个走进来的游客看到他的时候，都呆愣了一下，视线逗留在他身上的时间，比看展柜里古画的时间都长。若不是特展不允许拍照，想必那些游客会纷纷将镜头对准他。

这个人一定是喜欢书画。小王默默地想着，不过第一幅画就停留这么久，还就在她的管辖范围内，她也很难办啊。

不过，倒是个可以跟他说话的机会。

小王在心里给自己鼓着劲，纠结了几分钟之后，深吸一口气走上前，轻声催促道："这位先生，请您抓紧时间参观。"说完觉得自己的语气过于生硬，加了一句道，"里面还有更好的古画。"

借着靠近的机会，小王看清了这名男子的脸容，也看清了他那双深邃如星空般的眼眸中，盛满了莫名的悲哀。

"先生……"小王不禁轻唤，感觉自己好像打断了对方的思考，心底升起了莫名的愧疚感。

年轻的男子并没有回头看她一眼，而是抬起了手。他像是想要伸出手来碰触那张古画，却只摸到了冰冷的玻璃。

他克制地收回了手，默默地转身向前而行，只是浑身上下都散发出一种绝望的气息。

小王咬了咬下唇，觉得自己仿佛做了一件残忍的事情。她回到自己的值班位置，目送着那个男子继续向前。他走得很慢，每件展品看得都很仔细，却再也没有像刚才那样驻足不前。

负责清洁玻璃的保洁大妈用抹布擦掉了第一个展柜上的指印，游客们照常依次地经过观赏。

小王一直看着那个男子越走越远，在离开她视线的那一刻，他回过头来往她这个方向看了一眼。

他一定是想要回来再看一眼第一幅画。

不知道为什么，小王的心里如此笃定着。

可惜展览并不允许往回行进，那个男子只能按照参观顺序离开武英殿的正殿。

小王好奇地往第一个展柜看了一眼，她的视力只能看清楚那个展柜下面的铭牌上最大的几个字。

【隋 展子虔《游春图》】

"还没看够吧？这么短的时间，还隔着个玻璃柜。排队再看一遍呗。反正故宫的门票都花了，特展不另外花钱。"

"不了，一眼就可以了。"

"看完就能临摹下来了吧？我要换春天的衣服啦！快点给我临摹下来啦！之前冬天的衣服明明快画好了，居然说撕就撕！"

"我想撕就撕，反正还能再画。"

画筒里的声音停滞了一下，显然被这个真正遵从本心的画师噎得没话说了。

"好生气啊……"画师一边走，一边喃喃自语着。

"生气什么？"一向性情冷淡的画师居然直白地表现出自己很生气，画筒里的声音好奇极了。

"当年我……当年的宋徽宗也不过是在《游春图》的卷首题了六个字，乾隆居然直接写在画上了！还写了五十八个字！那个题字狂魔，真是气死我了！"

"……"

锟铻刀

陆子冈摩挲着手中的一块玉料，不由自主地就锁紧了眉。

这块玉料扁平方正，适合做一块玉牌。

但他已经踌躇好几天了，不知道该在上面雕琢什么图案。

自从修习琢玉以来，他几乎都是自学成才。最开始的阶段是照着哑舍里的玉器雕琢，等到可以模仿得惟妙惟肖之后，便开始模仿雕琢现实中的物事。

等他能不用模仿，凭空雕琢手中的玉料时，应该就是小有所成之时。

陆子冈不知道自己离这个目标有多远，也许遥不可及，也许只差捅破一层窗户纸。

在桌前翻来覆去地踱着步，陆子冈几乎都快要把自己的头发揪掉了，才想起来老板曾经鼓励他不要闭门造车，守着苏州这个颇负盛名的地方，趁着大好春光应该多出去走走。

走到外间跟老板打了声招呼，陆子冈整了整头发和衣袍，便迈出了哑舍的大门。

门外明媚的春光晃得他好半晌都没有回过神，到处都是纷飞的花瓣。桃花粉梨花白，春风吹过，片片飞舞，如梦似幻。

陆子冈难得放空心神，全凭直觉地沿着河堤而行，之前晦涩的烦恼全部丢到九霄云外，心旷神怡。

无数春光尽收眼底，脑海中闪过无穷尽的画面，陆子冈此时手痒无比，恨不得立时就奔回哑舍，开始琢玉。

但他也知道不能太急，一切灵感都是需要沉淀和迸发的。

他徐徐地沿着河堤散着步，一边留心观察着花草建筑的细节，一边在脑中构图，怎样雕琢才能更好看更有意境。

喏，光有花草建筑也不行，最好还要有人在，例如那个姑娘的背影就不错……

陆子冈的目光落在一个穿着麻布素衣的姑娘身上，她看身形也就是十三四岁的模样，垂在耳后的辫子上缀着一朵白色的山茶花，应是家里有亲人过世。

浑身缟素的她和满城的春光格格不入，却又意外的形成了强烈的对比。

她此时站在桃花树下，只看背影都能看得出来她身上的哀戚和伤痛无以复加，可那粉色的桃花瓣却在春风的吹拂下纷纷扰扰地落了她一身，平添了几缕旖旎的气氛，令人一眼看去就不忍移开目光。

她应该是在怀念逝去的亲人。

陆子冈默立在不远处，静静地看着她的背影，许久都不曾移动分毫。

直到夕阳西下，那位素衣姑娘抚摸了一下桃花树干，缓缓离去时，陆子冈才如梦方醒，下意识地跟了上去。

跟到半路，陆子冈找回了神志，暗骂自己唐突。那姑娘一看就是云英未嫁，他这一路贸然跟随，若是被对方质问，他都无颜以对。

不过待陆子冈看清楚四周后，又吃了一惊，因为那姑娘往回走的路，和他回哑舍一模一样。

这下，算不得他在跟踪她了吧？

陆子冈一路既忐忑又期待地跟在素衣姑娘身后，看着她一步步走在他熟悉的街巷里，心中不免生出一丝疑惑。

他在哑舍待了有好几年，左邻右舍也认识得七七八八，没听说过谁家最近有办白事，而且也没听说谁家有这个年纪的姑娘家。

若说他为何知道得这么清楚，也是因为热情的邻居大妈们，早就把老板当成乘龙快婿，从几年前他刚到哑舍的时候就开始锲而不舍地想要给老板当媒人。不管他愿不愿意，也时不时听上一耳朵。这方圆十里的适龄女子，虽然没见过，他也几乎能如数家珍。

正疑惑间，那素衣姑娘终于停了下来。

陆子冈目送着她走进哑舍隔壁那许多年都没有人住过的院子，整个人都愣住了。

一个灿烂的笑容闪过脑海，陆子冈激动地攥紧了拳头。

是她？是她回来了！

那个在他刚到苏州、六神无主的时候，给他做了一碗炒饭的小姑娘回来了！

陆子冈立刻就想要去敲门相见，但此时太阳已经收回了最后一缕光，他若是此时去叨扰，万一被哪个嘴碎的婶子看见……

孤男寡女，落人口实，岂不是为她添麻烦！

再说……陆子冈想起素衣姑娘辫子上的白花，她有亲人过世了吗？一定很难过……

明天再去拜访她吧。

不知道，她还记不记得他……

陆子冈揣着一肚子的激动和不安回到哑舍。是夜，辗转难眠。

他索性爬起来，燃起油灯，拿出那块玉料开始在灯下雕琢。

纷飞的桃花、飞扬的檐角、萧索的背影……

已经在心中定了格的画面，雕琢起来意外地顺利。

虽然知道太阳升起又缓缓落下过，但陆子冈却放不开手。他有预感，一旦放下，这种意境就无法重现，这块玉料肯定就废了。

快点，他只需要再快点。

一片片桃花栩栩如生地出现在玉料上，陆子冈看着快要完工的玉佩，忍不住在那萧索的背影上，添了一朵山茶花。

这样，她收到的时候，应该就会知道这雕琢的是她了吧？

一别数年，她现在，会是什么模样呢？

跟了人家姑娘一路，却并没有看清对方的脸，陆子冈难免有些心驰神摇。

这一分心，手上的力道没能控制，他只觉得左手指尖一痛，竟是锯刀不小心割破了他的手。伤口并不大，但已有一丝鲜血染在了锯刀上。

陆子冈愣了一下。

"子冈，好好用这把锯刀，使用的时候要小心，不要弄破你的手让锯刀沾到人血，更不要用这锯刀杀生。"

"老板，若是真不小心……"

"沾了血气的锯刀，乃是凶器，会对持有之人产生反噬。轻则家破人亡，重则死无全尸。你不能不小心。"

耳边回响起当年老板的叮嘱，陆子冈的心沉了一下。

不过他旋即又安慰自己，老板每次装模作样地警告买古董的客人，他又不是没旁观过，哪个出了什么事的？都是大惊小怪而已。

陆子冈随意地把破了的手指用纸擦了擦，便继续开始琢玉。

这次，倒是更专心了些。

"什么？隔壁的姑娘……她已经回京城了？"陆子冈攥紧了拳头，手心里的玉佩硌得他生疼。

"嗯，她是扶棺回乡，把父母都安葬了之后，就回京城了。我觉得，应该是这几天踏门为她说亲的媒人太多了，把她吓跑了。"老板拿起茶杯喝了一口，语气中有淡淡的同情。周围的三姑六婆再这样热情下去，估计他这个店也要搬家了。

陆子冈绷紧的一口气全散了，几天没休息的劳累在一时间全涌了上来，颓然无力地跌坐在地。

"怎么？你找她有事吗？"老板疑惑地挑了挑眉。

看着窗外，那因为一夜的风雨全部凋落在地的桃花，陆子冈深深地叹了口气。

"没，现在没事了。"

啊，春天已经过去了呢……

无字碑

深冬的洛阳一片萧瑟之色，但上阳宫内依然松柏常青，郁郁葱葱。

仙居殿内，门窗紧闭，火盆烧得极旺，整个大殿内都温暖如春。但却因为通风不畅，各种气味混杂在一起，竟有种腐朽衰败的味道。

徐盈儿早已习惯了这样的味道，敛气凝神，一动不动地站在大殿的角落里。

还政退位的一代女皇，此时就躺在大殿中央的床榻上，已是风烛残年。伺候的宫人们说话声都不敢太大，徐盈儿连呼吸声都控制得极低，尽量减少自己的存在感。

尽管被夺取了权柄，但一代女皇的余威仍在。再加上现在的皇帝李显对女皇也依然敬畏，吃穿用度一应如前，丝毫没有半分怠慢。

可女皇已经垂垂老矣，太医们直接都住在了上阳宫，天天开会讨论病情。但谁都看得出来，女皇留在世上的时日，不久矣。

隔壁的侧殿里隐约传来时大时小的争论声，徐盈儿垂了垂眼帘，掩住了眼眸中的不屑。女皇还没死，那些言官们就已经迫不及待地在讨论女皇的谥号了，为在牌位上刻"则天大圣皇帝"还是"则天大圣皇后"，争论不休。

这种事情在何处讨论都可以，为何非要在仙居殿的侧殿？怕是打着想要恶心恶心女皇的主意吧……

徐盈儿一边在心中唾弃着，一边也没忘记留神女皇的动静。只见她的肩头微动，便立刻快步走上前去，和宫人们一起把女皇搀扶起身，熟练地拍打她的后背，帮她把堵住嗓子眼的痰咳出来。

女皇的双眼微睁，瞥了徐盈儿一眼，后者意会地用温毛巾擦了擦她的嘴，递上了一直在火盆上温热的漱口水。

徐盈儿按部就班地服侍着女皇，她自从十二岁进宫之后，就跟在女皇身边伺候，如今也有六年了。暮年的女皇喜怒不定，与徐盈儿同期入宫的宫女们，大多因为各种各样的原因，或被调走，或被贬职，抑或直接被杖毙。

徐盈儿早就学会了什么该听、什么不该听，什么都不能说。也早就对女皇的一颦一笑所代表的意义，了如指掌。

所以，在她发现女皇用凛冽的眼神朝她看来时，下意识地双腿一软，扑通一声就跪倒在地。

女皇的这个表情，她实在是太了解了。

每当她见过一次，就会有谁死去，甚至不止一人。

天子之怒，伏尸百万，流血千里。

而这次，徐盈儿清晰地感觉到，女皇的杀气，是朝着她来的。

来不及反省自己是哪里没有做对，徐盈儿浑身颤抖，一声都不敢吭。因为她知道此时无论说什么都是错，女皇从来不因为下人的哭泣求饶而有半分动容。

其他的宫人们也都惊慌失措，大殿之上一时间呼啦啦地跪倒了一片，静谧无声。

徐盈儿攥紧双拳，额头上的汗水都滴在了眼睛里，刺痛得她眼瞳微酸，也不敢抬手去擦。

也许过了许久，也许就过了一瞬间，头顶上传来了女皇的喟叹声。

"下去吧，晚上朕要吃枣羹。"

"婢子这就去安排。"

徐盈儿尽了此生最大的努力，让自己的声音听上去如往日一般平静正常。她强撑着站起身，小心翼翼地扶着女皇重新躺下，这才缓缓告退。

出了殿门，徐盈儿才发觉背后的衣衫已经全都被冷汗所浸湿。她想不透方才有什么地方做得不对，却也没时间细细思考了。

女皇想吃的枣羹,听上去虽然简单,但至少也要吩咐厨娘精心炖上两个时辰。

徐盈儿匆匆忙忙地往膳房赶去,在路上远远地看到观风殿有人欢声笑语地袅袅走来。只消瞥上一眼那鲜艳美丽的五色襦裙,便知应是喜欢华丽衣衫的安乐公主来了。

并不想跟这位公主有什么交集,徐盈儿动作敏捷地转向了小路,一门心思地为女皇操持枣羹去了。

武则天躺在床榻上,睁着浑浊的双眼。

她很早就已经看不清大殿房梁上的彩绘,更看不清周围所有人看向她的表情。

但她依然是那个曾经坐在龙椅上的一代女皇。

被迫退位,又有什么呢?

她迟早会离开这个世界,一如以前所有的皇帝一样,带着不能长生不老的遗憾,孤独地闭上眼睛。

皇位,早已不是她所在意的事情了。

她所放不下的,其中一个就是那个"人"。

每次在她亲手杀死的人濒死时,"他"都会出现。

究竟"他"是谁?

越临近死亡,她就越想多了解这些怪力乱神的事情,尤其是她亲身经历过的。

在徐盈儿靠近的那一刹那,她甚至想要亲手杀了她,就为了再次见到那个"人"。

不过,她也知道自己的身体羸弱,连抬手都很费劲,更何况杀人了。

哪怕徐盈儿不躲不避,她也没法杀了她,最有可能的后果是其他宫人代替她动手,这也没有任何意义。

罢了,她已经八十二岁,在这世上已经活得够长久了。

历史上也没有任何一个女人，能像她一般，活得如此精彩了。

此时，侧殿传来了一阵银铃般的笑声，张扬地娇斥道："你们这些废物，皇祖母的谥号当然是'则天大圣皇帝'，这还有什么需要讨论的吗？"

武则天讽刺地勾起了嘴角，她再了解不过自己的这个孙女儿了。看起来像是嗜好名贵衣衫、不学无术的公主，但实际上心狠手辣、野心十足。并且恨她这个皇祖母恨到了骨子里，因为这安乐公主的兄姐都是她下令绞杀的。

而此时安乐公主这样为她正名，实际上也是以她这个皇祖母为目标，想要坐上那个至高无上的位置。

"皇祖母，裹儿来看您了。"李裹儿扑在女皇的床边，一脸邀功的表情。她方才特意高声说话，自然是为保证所说的话语全都被女皇一字不漏地听在耳内。

武则天淡淡地说道："不用那些废物们费心，朕已经安排好了身后事。立无字碑，没人有资格给朕设谥号，也没有人能审判得了朕。"

李裹儿的脸色一白，既怨恨又钦佩地点头应是。

武则天挥了挥手，让还想说点什么的李裹儿立刻把话咽了回去，起身告退。

对，赶紧走吧，待在她面前，真是引诱她大开杀戒。

女皇听着走到殿外的李裹儿毫不掩饰地以打骂下人出气，并且拔刀把言官们准备好的田黄石牌位一刀劈断，声称不能留这种东西让皇祖母生气。

武则天长长地叹了口气，就这样的性格，这样的为人处世，就算她不动手，也没几年好活了。

"陛下，这个可怎么办？"殿内，一个怯生生的声音响起。

即使女皇已经退位，但武则天身边的人都没改口，依然称她为陛下。

女皇睁开双眼，发现是徐盈儿转了回来。她的手中捧着一个断成两半的牌位，应该正是李裹儿砍断的那个。

"等朕宾天了，在墓里就摆上这个吧，无妨。"女皇不甚在意地说道，像是完全不知道用这块断掉的无字碑，会让皇帝李显脸上多难看，给李裹儿带来多大的祸患。

　　徐盈儿颤抖了一下，低头应是。

点翠簪

黄金面

【公元 572 年】

高长恭年纪轻轻便战功赫赫，却依旧如履薄冰。

他散尽亲卫，闭门谢客，从不参与朝政。

他称病不出，故意染疾不治，整日浑浑噩噩。

他自污其身，刻意聚敛财物，给人留有攻讦的把柄，宁肯官职被削。

他经常盯着书房墙壁上的那张黄金鬼面具，静静地发着呆。

时至今日，他也不知道当年做出的选择是否正确。

如果当年他选择与魔鬼做了交易，是不是现在，坐在皇帝位置上的，就是他了呢？

这个念头就像是毒蛇一样，只要在脑海中稍微一想，就会被啃噬一下，彻骨的痛。

他并不是为了那至高无上的权力，因为他知道权力越大，需要负担的压力和责任也就越大。所以在魔鬼提出交易的时候，他第一时间就拒绝了。

谁知道魔鬼打的什么如意算盘？若是他当上了皇帝，魔鬼提出了难以实现的要求，那他该如何是好？

可是，现在看起来，当今的皇帝更像是跟魔鬼做出交易的那一个。

准确地说，所有北齐的皇帝，都像是跟魔鬼做出了交易。

除了他的二伯高演，只是可惜二伯死的时候才二十多岁，在位也仅仅两年。

其余所有皇帝，都在青少年的时候，聪慧过人，文武双全，不管在朝堂还是战场均能大展身手。可都在执政后期，荒淫残暴、滥杀无辜，而且几乎都年纪轻轻就暴毙枉死。

高长恭克制不住地去想，他当年的战功和政事，几乎都是在魔鬼的帮助和引导下得来的。和他的叔伯堂兄弟们，何其相似！

所以，他宁愿到此为止，也不愿自己变成那样失了伦理道德，嗜杀无度的怪物！

盯着黄金鬼面具看了许久，高长恭的头又开始隐隐作痛。

黄金鬼面具那双幽深空洞的双眼，像是有生命一样，牢牢地凝视着他。

"嗯？这不就是游戏吗？"

魔鬼的声音仿佛还在耳畔回响，久久挥散不去。

"不！这不是游戏！这是我自己的人生！"

高长恭的头剧痛不已，难以忍受地低吼出声。

"王爷！你怎么了？"韩烨在外面听到了声音，连忙拉开房门。

韩烨的声音像是打碎了什么魔咒，高长恭捧着头大口大口地吸着气。

"王爷，你的头又开始疼了吗？"韩烨见状连忙扶着高长恭坐了下来，按着他的太阳穴为他放松按摩。

见高长恭紧皱的眉头稍稍舒展了些许，韩烨扫了眼墙上的黄金鬼面具，试探地问道："王爷，我前两天又见到赠送这面具的那位义士了。既然王爷已无心战事，何不把这面具还给对方？"

在韩烨看来，自家王爷现在的困扰，全是因这黄金鬼面具所起。

那么解决方法也就很简单，让它消失不就可以了？

高长恭睁开他那双俊美的桃花眼，瞥了一眼韩烨。那眼神中所蕴含的冰冷，把后者看得心跳都快了几下。不过那冰冷一闪而过，快得几乎让韩烨以为是幻觉。

"既然赠予了我，就已经为我所有。"高长恭淡淡道。

韩烨很少见自家王爷有这么霸道的时候，连忙低头应是。

"再用力点。"高长恭重新闭上了双眼。

韩烨抛开脑中杂念，专心致志地为他按摩。

从未关紧的房门处，几缕调皮的阳光照射进来，正好照到了黄金鬼面具之上，熠熠生辉。

【现代】

肖黎浏览着网页，忽然看到有历史类的逸闻，标题是《北齐"皇室病"——祖传精神分裂症？》。

鼠标在标题上停顿了几秒，肖黎失笑地移开了。

高家的其他人她不知道，反正高长恭肯定没有什么精神病，这就行了。

没什么值得看的。

九龙杯

风和日丽，阳光明媚。

老板把哑舍的窗户打开透气，古董们纷纷嚷嚷了起来。

"阳光！久违的阳光！晒得人家好舒服啊！"

"在下最讨厌阳光了，会令皮肤干燥起皮。幸亏老板记得在下的喜好，把在下摆在太阳晒不到的阴凉之处。"

"有新鲜的空气也不错啊！不过最近城市的空气质量越来越差了，什么PM2.5，数值高得吓人！"

"老板在挑今天用什么茶杯喝茶吗？选我选我！！！我和我哥两个粉青盖碗，最适合老板您今天要喝的明前龙井了！不要选姓紫的那一大家子啊！他们人太多！"

"姓哥的那两兄弟，不要太过分啊！"

哑舍的店铺里，上演着每天都会出现的争宠戏码。影青却比较反常，一直安静地看着百宝阁的某处，连画师走进哑舍都没有任何反应。

"喂，影青那小子，今天很奇怪啊你！你家皇上来了都不打招呼了？"门口左边的那盏长信宫灯跳动着灯火，笑嘻嘻地问道。当然，打招呼什么的，也只是他们之间的玩笑话。毕竟这世上能听见古董说话声音的，屈指可数。

不过即便这样，影青这个宋徽宗的脑残粉，依旧在画师每次来的时候都大呼小叫激动不已。今天却这么安静，奇怪。

"啊？皇上已经进内间了？我怎么没看到？！罪过罪过！"影青被玲珑一提醒，才如梦方醒，追悔莫及地唉声叹气起来。

"刚才在想什么呢？"玲珑的灯火闪动了几下，好奇地追问道。

"我是在看那个九龙杯。"影青嘟着唇不爽地回答道。觉得自己错过了和皇上问好的机会，都是那九龙杯的错。

"那九龙杯有什么好看的？不是说禁锢在里面的灵魂已经回归本体了吗？那个医生最近来的次数可有点少，来了也是疑神疑鬼地看着我们，恐怕是被吓坏了呢！嘻嘻！"玲珑幸灾乐祸地笑着，是个唯恐天下不乱的性子，"不过说起来，我们倒是都没听见过这九龙杯说话啊，这杯子有精魄吗？"

"我所疑惑的正是此事。"影青没想到有人会和他怀疑同一件事，立刻振奋地汇报道，"我观察他好几天了，从来没有说过话，就像是没有精魄的那种等级的古董。"

"这可奇了怪了，按说老板不应该留这种等级的古董在哑舍，更何况摆在外间……"玲珑倒不是歧视那些没有精魄的古董，包括她在内的很多同伴们，也不是一出生就蕴有精魄。

"是已经失了精魄吗？那放在博物馆会更好些吧？那个什么馆长每次来都眼冒绿光，看得在下一阵恶寒。在下觉得再不给他点什么东西，恐怕他就会下手抢夺了。"一旁的湖州狼毫笔也加入了讨论。

"博物馆不是我们的坟墓吗？谁愿意去啊？"影青第一个反对。虽然他不知道那个九龙杯是不是没有精魄的死物，但待在哑舍总比困在博物馆强。

"无知稚子，那博物馆也是好地方。为人类呈现历史，非博物馆不可。"湖州狼毫笔不紧不慢地反驳道。

"你说那是好地方，那你去啊！"影青最讨厌这种站着说话不腰疼的了。

眼看着这一盘一笔就要吵起来了，一直吞云吐雾的博山炉慢悠悠地拉架道："其实说起坟墓，那博物馆并不算是我们真正的坟墓。"

"啊？那是哪里？"影青和狼毫果然瞬间就转移了注意力。

"博物馆摆放的都是无精魄的躯壳，而古董们真正安息之所，是个叫云象冢的地方。"博山炉叹息着，像是勾起了他久远的回忆。

听说过云象冢的古董们，均纷纷闭口不言。而其他古董们察觉出来异样，有眼色地岔开话题，不识趣的则继续追问。

但再也没有一个古董从嘴里说出"云象冢"这三个字。

谁都没有注意到，百宝阁上的九龙杯杯柄上雕刻的那条玉龙，悄悄地睁开了眼睛。

六博棋

【天光墟】

"汤小爷来啦！"

本来安静的天光墟里，不知道谁高声喊了一嗓子，大部分人立刻都朝声音响起的地方奔去。很多摊主放下手中正在忙的事情，连街道两旁铺子里的人都闻声跑了出来，可见声势浩大。

郭奉孝摇着折扇，看着忽然热闹起来的天光墟，唏嘘不已："这娃子，也不怕树大招风，小心哪次被人暗害了都不知道。"

站在他旁边的岳甫擦拭着佩刀，不甚在意地说道："施夫人喜欢他，墟主罩着他，众人都护着他，放心。"

"切，在下才没担心他呢。"郭奉孝言不由衷地嗤笑道。他精于谋略，自然知道汤远这小子为什么这样有恃无恐。拿着施夫人每次送的信物，还有墟主测算的每次天光墟开放的时间，一次次堂而皇之地出入天光墟，倒买倒卖各种古董。嗯，用那些各种各样的糖果巧克力和稀奇古怪的现代制品。

明摆着汤远就是由墟主罩着的，得到了施夫人全心全意的疼爱，本来又是小孩子，有成年人对他天然的包容，再加之他每次带来的东西又好吃又好玩，天光墟里的大部分人都非常期待他的到来。且不说这些人心里是怎么想的，若真有人敢对汤远下手，肯定所有人都第一时间操起家伙。

不过，郭奉孝就是看不惯汤远这小子占了便宜又卖乖。原以为是个傻白甜的小孩儿，结果却是个芝麻馅的汤圆。那施夫人被他哄得，差点就要抱着他认干儿子了。

更可气的是，这小子拥有这等条件这等靠山这等运气，居然只是做个倒买倒卖的小生意，真是气死他了！若是换了他……换了他……

岳甫瞥了眼摇扇子的速度变得飞快的好友，知道这位公子哥说不定在心里又转着什么弯弯道道。他懒得猜，更何况猜也猜不到，索性继续心平气和地擦拭着手中的佩刀。

不远处的包围圈之中，汤远意气风发地把鼓鼓囊囊的小背包从肩上一摘，熟练地开始兜售起来："这次有比上次铅笔更神奇的圆珠笔哦！不用削，也有各种颜色，就是不能用橡皮蹭掉写过的笔迹。还有望远镜，就是用这个能看到很远很远的地方。不信？试试看喽！反正我也不怕大叔你抢走，拿去尽管试！哦，还有这种绒毛玩具。喷，不要小看这个玩具，这只猫可以重复你所说过的话，特别有意思。就是需要电池。哦，电池是维持它能量的来源，电池需要单独购买。不附赠不附赠！"

他一边说着一边按下了开关，旁边的猫咪玩偶就开始摇头晃脑地重复着他的话："……不附赠不附赠！"

"哇！它开口说话了！是不是成精了啊！"

"哇！它开口说话了！是不是成精了啊！"

"居然真的在重复我说的话！"

"居然真的在重复我说的话！"

众人皆惊叹不已。

老实说，汤远这小子每次带来的小东西，并没有价格太贵的，但都是新奇的玩意。天光墟的众人就算不打算以物易物，也喜欢围观看个新鲜热闹。

况且，汤远开价并不高，往往很平常的东西就可以换。

介绍完这回带来的东西，汤远开始与各位大叔大婶哥哥姐姐们交换东西了。没办法，他实在是太贪吃了，医生给的零花钱完全不够他胡吃海喝，医生又不允许他出门打工，他只能自己想法子赚外快。

汤远第一次来天光墟的时候认识了那个博物馆的馆长，他又有了可以随意进出天光墟的机会，便开始倒卖各种小玩意。

从天光墟里带出去的东西只是定格在了当时的时间，而没有时间流过的痕迹。例如那位书斋的主人为了跟他换一支铅笔，给了他一枚玉扣。这枚玉扣按理说应是诞生于秦末汉初，但出了天光墟，却是才琢成十几年，而不是两千多年。好在这玉扣玉质细腻，造型古朴优美，汤远倒也从馆长那里换了价值可观的零花钱。

这对于汤远就足够了，要是次次拿出去的都是古董，才会招人怀疑呢！再说他吃零食也吃不掉那么多钱啊。

他也不用怕超时代的东西被天光墟里的人带到其他时代，因为天光墟会自动判断，有法则规定，只要超出时代印记的物品被带出天光墟，就会直接化为齑粉。

所以这小生意就顺顺利利地做了起来，汤远带来的东西很快就被看中的人一扫而光。见汤远不再从背包里拿出东西来，也都知情识趣地离开了。

什么？那背包里明显还有东西？怎么这么笨啊！那明显是汤小爷给墟主和施夫人带的礼物！

汤远喜滋滋地把换到的东西往背包里揣好，一抬头发现还有一个穿着紫衣服的青年蹲在他面前，眼巴巴地看着他的背包。

汤远并不意外，除了一开始进天光墟结交的郭奉孝和岳甫两人，这位紫衣青年算得上是他在天光墟里的第三个朋友了。没办法，同为吃货，有共同语言啊！

"汤汤，还有上次的那个巧克力球吗？我喜欢里面有坚果的那种，有带吗有带吗？"紫衣青年双手合十，期待地看着汤远。

"我说了多少次了，不要叫我汤汤！"汤远别扭地纠正道。汤汤什么的，真像女孩子。

"念起来跟糖糖很像，很好啊。"紫衣青年偷偷地咽了咽口水。也不怪他这么失态，天光墟里什么东西都有，就是没有吃喝的食物。他被困在天光墟里这么久了，虽然没有饥饿的感觉，但精神上难以忍受啊！

汤远也感同身受，若是换他这样，肯定早就疯了，"喏，这是今次的零食。这是夹心饼干，叫'白色恋人'。特别好吃，这次你拿什么来换啊？"

虽然同情，但该走的流程也要走。天光墟的规矩，以物易物，公平交易。

紫衣青年也知道汤远对他特别关照，基本上他每次拿什么来，汤远都给他换，不管值钱不值钱。看了眼面前那盒饼干，紫衣青年从怀里摸出来一件东西递给了他。

汤远入手感觉是一块玉，嘴角就已经弯了起来。玉件是最好变现的，这紫衣青年也不是白占他便宜的家伙，下次可以给他多带点好吃的。

把饼干交换了过去，汤远低头细看，发现这是一块矩形的白色玉件，表面光滑，特别像一块没有雕琢的印章。待他把这玉件翻过来后，却震惊地睁大了双眼。

玉件表面上，居然被人用朱砂写了三个大字，陆子冈。

"这是什么？"汤远震惊。他当然知道陆子冈是谁。是那晚和他一起误入天光墟的那位，并且现在他二师兄的哑舍，正由这陆子冈看着店。

问题是，为什么天光墟里，居然有个玉件上写着他的名字啊！

紫衣青年此时已经撕开包装，把一块"白色恋人"塞进嘴里，甜美的味道让他满足地眯起了眼睛。

听到汤远的问题，他漫不经心地回答道："这是六博棋的棋子啊。你没玩过六博棋吗？"

廷圭墨

李廷圭躺在床上，每一次呼吸，都觉得胸口像是有把锯在来回割着。常年制墨被烟熏火燎变得脆弱的咽喉，谁也不知道下一次咳嗽是不是就会让他永远离开人世。

床边守护着的儿女们，都手足无措地不知该如何是好。他还能隐隐听见房间外孙儿们的哭闹声。

李廷圭有预感，他快要死了。

心情出乎意料的平静。

他活到耳顺之年，家庭幸福，子孙满堂。世间又留有他李廷圭数件墨锭，可以流传许久。而他五十岁之后所做之墨，除了上交御前之外，都留在了家里。他的大儿子虽然没有遗传到他的制墨天赋，但为人处世还是足够通透的，知道怎么用他留下的这点东西，保李家平安喜乐。

没有什么可挂念了，可是为什么却仍然有些不甘呢？

也许是要死了，李廷圭开始回顾他这一生。

其实他小时候，根本不喜欢制墨的。

可是他祖父是制墨大家，父亲又是制墨圣手，像是上天安排好的一般，他必须要继承制墨的手艺。

他一出生，就已经被安排好了人生的所有事情，沿着祖父和父亲制订好的路线，像个提线傀儡一样，一步一步向前走去。不能后退，也不能改换方向。

他原本姓奚，后来因为他们家的墨受到皇帝的喜欢，赐姓李。

这在其他人看来，是无上的荣耀。

可是他却觉得这是剥夺。

他们家连姓氏都不属于自己了，以后生的孩子都要随他人的姓氏，算是别人的家奴吗？

他还记得他制得的第一块墨。

那时的他很不情愿制墨，被迫捣练了三万下，模具都来不及准备，直接用手捏成了墨团。

那块墨的样子可想而知特别丑。

他当时盯着那块墨看了许久，终于下了决心。

他还年轻，如果要走自己想走的路，得不到祖父和父亲的支持，别说能否成功，甚至连吃饭都成问题。

而且更关键的是，他还不知道自己想要的是什么。

所以，暂且先制墨，起码攒够了自己生活所需的金钱再说。

他把第一块丑丑的墨扔到了一边，开始真正严谨用心地制墨。之后做出来的墨被祖父大加赞赏，直呼后继有人。

可他却不是那么欢喜。

时间一年年地流过，他的手中一块块的墨被制造出来，大受好评，甚至以他的名字来命名，廷圭墨。

等他有足够的时间和金钱，想要追求他自己的路时，才愕然发现，除了制墨，他不知道自己还能做什么。

他不想让儿子重复他的遗憾，并没有要求他大儿子制墨。只是在后者小时候和少年时期，尝试了几次，发现他真的没有兴趣，便也没逼迫他。其他儿孙也是如此。

他也不知道这样是对是错，也许一会儿下了黄泉，遇到了祖父和父亲，又会被痛骂一顿。但他不后悔。

"呵……呵……"床上的老人在喉咙里发出了声响，旁边的儿子们赶紧

靠了过去，努力想要听清楚老人在说什么。

"墨……墨……"老人努力地张开嘴，"第一……块……墨……"

儿子们讨论了片刻，大儿子忽然奔了出去，从库房里翻出来一个陈旧的盒子，拿进屋里打开，里面是一块形状丑得难以言喻的墨团。

老人睁着浑浊的双眼，笑着点了点头。

如果再给他一次重来的机会，他宁愿这是他在这世上，制成的唯一一块墨。

老人握着这块墨团，遗憾地闭上了眼睛。

亡灵书

拉美西斯二世的一生，可谓跌宕起伏、波澜壮阔。

他是埃及历史上最伟大的法老王。他在位六十七年，也许是世界上在位时间最长的统治者。他统一了埃及，缔结了第一条战争和平条款，在埃及的土地上，到处都建有他的雕像和他的神庙……

如同所有位高权重的人，他也追求着永生。埃及人相信重生涅槃，就如同尼罗河的河水可以降而复涨，草木收割之后又可以再生，他一直坚信，人也是可以复活的。

当他闭上双眼的那一刻，就已经开始畅想着当他重返人间时，想要做的事情了。

征服埃及对他来说已经没有任何挑战，他要去更广阔的土地上看一看……

只是，他却完全没想到他的复活计划产生了偏差！

阿布辛拜勒神庙居然因为修建水坝而被移动过了！代表着他只能用灵魂状态存在于世了！

不过这样……也说不清楚是运气好还是运气差……

已经回到年轻时面貌的法老王从冥想中睁开双眼，看着眼前充满了神秘东方气息的房间，大大地打了个哈欠。

没错，虽然身为灵魂，但尊贵的法老王依旧保持着人类的习惯，每日睡觉什么的……

只是，没有了那些用得习惯的奴仆，早就习惯了被人前呼后拥的法老王总是有些不爽。

也罢，在异国他乡，也就没那么多要求了。

妥协的法老王像常人一样从床榻上起身，非常绅士地朝桌上燃着的人鱼烛打了声招呼。

不过很可惜，他现在只能勉强听得懂汉语，却不会讲。语言不通的烛妹子歪着头瞥了他一眼，重新飘在空气中发呆了。

遗憾的法老王离开了房间，在路过三青鸟的鸟架时，伸手去摸了摸对方的背脊。虽然身为灵体状态的他根本碰触不到有生命的物体，可是三青鸟也不是普通雀鸟，接触灵体也同样让它很舒服，享受地扬起了小脑袋。

法老王的手掠过三青的背部，在对方缺失翎羽的地方停留了数秒，安慰地唠叨道："没事，重新长出来的翎羽会更漂亮的。"

三青振翼清亮地鸣叫了一声，它才不在意呢！和它打架的鸣鸿身上掉的翎羽更多！

"好的好的，不在意不在意。"法老王没什么诚意地敷衍着。这小家伙还真是口是心非，若是真不在意，它能老老实实地待在屋子里好多天都没出去过吗？

按照惯例安抚了三青之后，自觉心地善良的法老王心情不错地在哑舍的内间溜达起来。

没错，他来到这神秘的东方国度之后，就一直待在这家名叫哑舍的古董店里。他也逐渐了解到时光过去了三千多年，世界究竟发生了多么翻天覆地的变化。

不过同样身为重返人间的灵魂，那位名叫扶苏的王子殿下，做得比他还要成功，至少已经找到了相契合的身体，很快地融入了现代社会，甚至已经利用对方的身份，毫无障碍地开始上班了！

想到这里，年轻的法老王不得不为扶苏点个赞。

但也仅限于此了。

开什么玩笑！身为尊贵的法老王，怎么可能去为其他人做事？更遑论是去做伺候人的事情了！

年轻的法老王再一次为那位想不开的灵体同胞默了个哀，随后便抛开思绪，飘到了哑舍的前厅中。

"哎呀呀！那个古怪的异乡人又来了！"门口的一盏长信宫灯闪烁着灯火，娇俏的语气里有着掩饰不住的激动，"小妹，你快看！这个异乡人其实长得很不错的嘛！"

"玲珑，恨嫁也不能这样饥不择食嘛！"一个正太音嚷嚷道，"你们能沟通吗？我们说话他都完全听不懂嘛！"

"影青，你这就不懂了吧？听不懂也可以学的嘛！不要小瞧本小姐爱的力量！"长信宫灯的灯火剧烈地跳动了几下，"你看我现在都会韩语了！来个欧巴我都可以说几句沙浪嘿哟！"

"欧巴个头！又是听隔壁包子铺放的什么韩剧听多了吧！"

法老王面带微笑地听着那些古董们吵嘴，表情无懈可击，不露半点自己其实可以听得懂这些古董们在说什么的神情。要知道他当年最擅长的就是学习外族语言，什么苏美尔语、涅西特语、阿卡德语他都有所涉猎。只是这汉语要比以上语言都难上许多，他每日要在前厅待上许久，也多是为了听这些古董们说话，才好学习。

不过口语都这么难，等他能看懂文字又要许久了。古埃及的碑铭体、僧侣体和大众体象形文字现在也早已失传，亚述人所用的楔形文字也早就没人用了，这些弯弯曲曲横平竖直的汉字，看起来更像是一幅幅图画。

有些沮丧的法老王想想自己在埃及醒来时，发现埃及人说的竟不是埃及语，而是什么阿拉伯语时，那震惊的心情，简直无法形容。

三千多年的时光弹指而过，他曾经统治过的领土虽然依旧存在，他的雕像和神庙也依然遍布整个埃及，可却早已不是当年属于他的埃及了。

这样想着，年轻的法老王倒是有些和那位与他差不多时间醒过来的扶苏大公子感同身受。

也不知道对方究竟抱着什么样的心情，面对这一切的。

越想越是抑郁的法老王，也不管自己暴露在太阳光下有何不妥，径直穿过哑舍的雕花大门，朝门外的大街走去。

刚从内间走出来的老板正好目睹了这一幕，微讶地挑了挑眉，却并未阻止对方的离开。

"胡闹！那异乡人真是胡闹！这一出去还能回来吗？"柜台上的博山炉吞吐着烟雾，显然是有些生气。

"老板老板！快把他追回来啦！万一迷路了可怎么办？"对法老王异常关心的那盏长信宫灯跳动着灯火，着急万分。

古董们的动静就连内间的三青和烛都惊动了，一前一后地飞了出来。

老板却缓缓地拿起茶壶烧水泡茶，对着嘈杂的古董们平静地说道："他有随意去留的自由，你们同样也有。"

古董们的声音戛然而止，想到了老板对待他们的淡然态度，都无言以对。

世间自有缘法，一切随缘。

老板静静地看着红泥小炉上茶壶中的水沸腾翻滚，手指不禁摸向颈间所佩戴的水苍玉。

法老王走出哑舍的时候，与一名身背画板的人擦肩而过。

法老王知道这个人是个画师，总是风雨不误地每天来哑舍临摹画作。同时，他也从古董们的八卦中得知这位画师前世也曾是一位皇帝。

啧，还真是胸无大志的皇帝。

法老王在内心吐槽了一句，心情又低落了几分。因为相比之下，他也没差太多。

郁闷的法老王走在人来人往的大街上，看着钢筋水泥的高楼大厦，有种眩晕的感觉。

也许是哑舍那间古董店有什么特殊的布置，或者是所建的位置有讲究，离开了哑舍店铺的范围，法老王觉得越来越不舒服。

下意识地往能令自己感到轻松的方向飘去，等他回过神时，发现自己好像在一个博物馆之中。

法老王能知道博物馆这个词都已属不易。要知道在古埃及可没有这种机构，最古老最值钱的东西往往都在法老王自己的仓库里放着，死了也要放在金字塔里带走。若不是之前老板曾经说过他的木乃伊在埃及历史博物馆展览，他也不会特意去查这个词。

喏，总的来说，博物馆就是一个把古董展览给公众看的地方。

法老王还是头一次来到博物馆，饶有兴趣地游逛起来。

这里空间宽阔，透明的玻璃展柜里摆放着一件件古老的物事。法老王本就对这神秘的东方古国没什么太多了解，再加上他即使不懂，但眼界还在，也看得出来这里展览的古董多半不如哑舍里的那些，很快就没了兴致。

这些古董大多失了精魄，特别沉默，偶尔有动静的，眼神也都不太对。

也是，被关在一个个玻璃柜子里，能正常才怪……

法老王从一个展柜面前走过，正好听到一对情侣在旁边窃窃私语。

"这个巫蛊偶，据说是当年汉武帝的皇后陈阿娇私藏的那个。"穿着运动服的少年用手摸了摸面前的玻璃柜，仿佛隔着空气也可以碰触到那尊人偶一般。

法老王忍不住停下脚步，对着展牌上的三个字默念了几遍"巫蛊偶"。但会说也不代表懂"巫蛊"这两字的含义，顶多知道这是个人偶罢了，所以法老王恨不得这对情侣再多说几句。

那名少女不负他期望地开口问道："那这个巫蛊偶到底是不是当年的那个啊？"

"我怎么知道？"少年耸了耸肩，"陈皇后巫蛊案发退居长门宫的时候，我才十岁，又怎么可能记得。"

"好吧。"少女嘟了嘟嘴，"也许是博物馆特意弄的噱头。当年的巫蛊偶又怎么可能留到现在？早就被烧毁了吧！"

"谁知道。"少年轻描淡写地叹道。

"走吧，我们去看看其他古董。"少女拉着少年的手往旁边走去。

少年最后回头看了一眼玻璃柜里那个破碎之后又被修复好的人偶，表情有种说不出的惆怅。

法老王目送着这对聊天古怪的情侣离去，并没有跟上去。他低头看着这尊早已失了精魄，只剩躯壳的人偶，遗憾地摇了摇头。

若是这博物馆中都是这种古董，倒是没什么好看的了。

无聊的法老王往博物馆的楼下飘去，途中经过某个办公室，听到几个耳熟的词语，好奇地回返听墙角。

貌似是某馆长大叔对哑舍的古董起了觊觎之心，正一边畅想，一边在日记本上写写画画，研究着怎么把哑舍里的古董都上交国家……

法老王听了一会儿就满脸黑线地飘走了。

他能说他拭目以待么……

博物馆实在是太大了，再加上电梯楼梯出入口繁多，每个地方长得都很相似，方向感极差的法老王绕了好半晌，足足走过那个什么馆长办公室门口六次，才重新找到出口。

嗯，虽然他穿墙而出也可以，但他依旧把自己当成人，暂时还无法适应灵体状态。

等他重新站在太阳光下时，才发现已是正午时分。虽然已是寒冬，但悬挂在天空正中的太阳依旧刺眼。眩晕的法老王走了没两步，就直接退回博物馆了。

找了个阴凉舒服的地方，这什么什么王的墓不错，大半的墓室都被搬到一个展厅里了。法老王扫了眼，发现还挺干净的，也不嫌弃地直接躺进了墓室最中央的棺椁里。

把棺椁敞开盖子放着什么的……只能说现代人越来越不讲究了吗？

不过这个展厅因为搬来了真实的墓室，特别阴森恐怖，本来工作日就极少有游客来博物馆，这个展厅几乎就是人迹罕至了。很安静，不错。法老王满意地躺了下去。

这一觉睡得有些不舒服，棺椁还是太窄了，都不能翻身。不过等法老王醒过来的时候，都已经是半夜了。

博物馆的展厅里是没有窗户的，法老王是在走出展厅的时候，才发现已经天黑了。皎洁的月光透过走廊的玻璃照射进来，弥漫着一股宁静悠远的氛围。

法老王走到窗前，仰头看着千百年来都没有变化的明月，低头在胸前比画了一个手势，向不知道还存不存在的埃及神祇祈祷了起来。

月华如水般照射到他的灵体上，泛出一圈银白色的光晕，令人心旷神怡。

只是，却有莫名其妙的声音突兀地在他身后响起。

"卧槽！这里怎么有个埃及鬼？最近博物馆里有埃及文物的展览吗？"

"好像没有。"

"环狗，你说埃及鬼会不会有什么管用的法子，帮我们解开那个必须服侍女巫的毒誓啊！"

"我觉得和他沟通都成问题，你会说埃及语吗？"

"喵，也对……算了，最近不是什么三星堆的文物来展览吗？我们还是去那个展厅吧！也许能有什么宝贝可以让我们解脱！"

"其实……我觉得现在的生活也挺不错的……"

"没志气！难道七块钱一斤的狗粮可以满足你吗？！起码要七十块钱一斤的！我也要吃三文鱼的小鱼干！"

"……还真是高大上的理想……"

法老王无语地听着这两个声音一边吵着一边朝隔壁的展厅走去，最终还是忍不住回头瞟了一眼，发现是一只狗和一只猫的身影。

埃及人本身就是猫奴，在传说中猫更是圣兽。法老王看到那只小猫咪浑身洁白，手指就开始发痒，身体先于头脑，有意识地追了上去。

"啧，又是一个自愿做铲屎官的。"穷奇跳到了一个玻璃柜上，居高临下地看着这位古怪的埃及鬼。

这个博物馆采用的均是国内最先进的技术，每个文物存放的玻璃展台中都是感应灯，本来是微弱的灯光，只要有人朝展台靠近，就会自动变得亮起来。

穷奇脚下的玻璃柜在它踏足的那一刹那，就泛起了无机质的银白光芒，从下映照着它的身影，显得越发神秘莫测。

法老王立刻沦为脑残粉，分分钟想要把它揽入怀中蹂躏。

这时他都忘记自己无法碰触有生命的物事了，伸手就想抱住对方。

穷奇连自家的女巫主人抱都不愿意，更何况是不知道哪里来的陌生鬼了，见对方伸手过来，就不屑地开始朝另一个玻璃柜上方跳跃着。它倒是想给这个不知道规矩的脑残粉一个教训，但也知道博物馆这种地方不能胡来，若是有什么损失，自己和环狗就糟糕了。

纵使女巫的家各种小，各种简陋，但它也不想当流浪猫啊！

环狗摇了摇尾巴，不去管身后的鸡飞狗跳，开始认真地在一个个展柜前研究来参展的文物。

嗒……其实它真的不是文物爱好者来着……但这个三星堆的面具怎么长得那么像刚看过的阿凡达……

天亮的时候，粘了一头猫毛的法老王蹒跚地走出博物馆，浑身疲倦的他只想回哑舍寻求安慰。

三青多乖多招人喜欢啊！他怎么就想不开去招惹那只傲娇的白猫！

不过……他好像确实忘记了回哑舍怎么走……

路痴的法老王站在清晨的街头，满脸迷茫。

大概就在附近吧……记得是一条人比较多的商业街……

心态颇好的法老王开始一边逛一边找回哑舍的路。

他经过一家书店，发现畅销榜榜首是一本再版的名叫《Listen》的推理小说，作家名的那两个字他不认识。说到底，英文的26个字母太好学了好嘛！相比起来汉语全是泪啊！

他又经过一家刚刚开门的花店，店主居然是个非常魁梧的汉子，相比起来他娇小的女朋友实在是太可爱了，她手里拿着的那盆彼岸花也开得很繁盛。既是路痴也是花痴的法老王忍不住在这家花店里停留了一会儿，直到那名店主用凌厉的目光盯着他看过来，法老王才反应过来对方是可以看得到他的。

"哑舍怎么走知道吗？"法老王不禁开口问道。也许哑舍在附近很出名呢……

店主听不懂他的话，但倒是听懂了"哑舍"这两个字的古怪发音，随手给他指了个方向。

法老王有风度地朝他点了点头，以示感谢。

只是，他发现没多久他就又迷路了，甚至想要走回那家花店都找不到路了。

其实，并不怪他认路不行吧……这里的人住得也太挤了，街道太窄了。

重点还都长得很相似！

法老王不爽地随着上班的人流前行着，不时左右看看，期待能看到哑舍的店面和招牌。

在寻觅间，一个略熟悉的身影映入眼帘，法老王双目一亮。

这不是和老板很要好的那个医生吗？虽然现在躯壳里肯定换了一个人，不过去问他肯定也能找得到哑舍的。

法老王这时又不怎么着急了，心想着跟着这人去医院看看也不错，也不知道这个古代的灵魂适不适应这几千年后的世界。要是能看到对方出点丑也不错。

法老王没什么同情心地想着。

他便像是背后灵一样吊在了这人的身后，旁观这人去医院上班，有条不紊地查房会诊，不慌不忙地进手术室，面带微笑地与同事聊天谈话……

好吧，看来对方混得还真心不错。

法老王不甘心地承认道。

一晃就到了傍晚，这人因为之前休了年假，倒是还没排上夜班，照常到点就下班了。法老王跟着他走出医院，心想着等到了人少的地方，就去问他哑舍怎么走吧。

结果对方却一直往人流多的地方走，法老王跟着跟着忽然心有所感。

前面的人果然停下了脚步，而在他的不远处，就是哑舍的雕花大门。

咦？这是要回哑舍看看老板？

可是他若是没记错的话，他们不是已经闹翻了吗？

八卦的法老王真想冲上去询问下对方的心理斗争，只是语言不通啊……恨……

那个可以沟通的鎏金耳环他可不可以戴呢？下次一定要问问老板……

法老王也没有等太久，那人站在哑舍的门前发了一会儿呆，叹了口气便离开了。法老王也没再跟下去，而是做贼一般地从哑舍的雕花大门穿门而过。

"啊啊啊！欢迎回来！"一声娇俏的尖叫声立刻响起。

法老王吓了一跳，正好对上那盏长信宫灯，其中的灯火跳动得极其剧烈，直接表达了她的激动心情。

"哎呀呀！真的回来了啊！全须全尾，还好没被什么鬼怪叼去！"

"胆子真是大啊！人生地不熟的就敢往外跑！你知不知道外面有多可怕？"

"是啊是啊，好多姐妹走了之后就再也没回来过呢！"

本来寂静的前厅霎时间热闹了起来，法老王的心中涌起一股暖流，好像已经很久很久，没有受到过这样纯粹的关怀。这时三青也飞出来，绕着他飞了几圈，鸣叫中透着一股亲昵劲儿。连一直不睬不睬的烛也飘出来扫了他一眼，才又重新飘回内间。

法老王的唇边扬起了一个俊美的弧度。

"来来来！愿赌服输！我就说这异乡人一天回不来吧！怎么也要两天！老板接下来一周都要用我喝茶哦！别人不许抢！哈哈哈哈！"

"我赌他能挺过三天才回来。这异乡人也太不争气了，离家出走怎么两天就回来了？"

"切！让你让你！老板最爱的是我！让你一周又何妨？"

"胡说！老板分明最爱的是我！"

"是我是我才对！"

……

法老王越听越无语，这帮古董还真是无时无刻不在争宠……

柜台后的老板抬起了头，指了指身前的锦盒笑道："正打算什么时候出门把这柄黄金权杖托人修修，你回来的正好，看看缺掉的宝石都是什么材质的，我尽量挑年份相近的补上。"

法老王的脸色微不可察地红了红，随后冷哼道："那用的可是古埃及的镶嵌法！"

"虽然不能做到完全一样，但至少比光秃秃的权杖要好看。"

"……哼，好吧，给你们这些凡人一个供奉朕的机会。"

留青梳

"咦？老板，这梳子很漂亮啊！可惜断了一个齿啊！"帮老板收拾库房的医生发现老板站在一个柜子前发了一阵呆，便凑了过来，发现老板手中正攥着一把梳子。"这是什么质地的梳子？上面的雕刻很细腻精致啊！"医生在哑舍混久了，自然眼力也有所增长，只看这梳子色泽莹润，就知道肯定是经常被人抚玩摩挲，而且光滑如脂，温润如玉，色泽近似琥珀，一看便知是年代久远的古董。

"……这是留青梳，是竹制的。选取的是上古栽种几百年的阴山竹，留用竹子表面的一层青筠雕刻图案，便为留青竹刻。"老板淡淡道，随手把留青梳放在了一个锦匣内，"不过已经断了一个齿，不能再用了。"

医生看老板连锦匣都没关，就转身去收拾其他东西了，明显是想起了什么。

正想帮老板把锦匣的盖子合上，医生的视线就不由自主地落在了那柄梳子上面。

断了一个齿的梳子怎么就不能再用了？老板还真是见惯了好东西，不知道穷人家的孩子怎么生活了啊。想他小时候，别说断一个齿的梳子了，就算是断了一半也照用不误啊！

医生在心里嘀咕着，正好抬眼就看到一面铜镜，从铜镜的反射里，发现自己的头发因为干活搬东西而变得乱七八糟，顺手就拿起了锦匣里的留青梳，在头上梳了起来。

咦？怎么头发越梳越长？

医生疑惑地看了看垂到胸前的长发，还有感到越来越涨的胸……

哑舍内间的仓库传来一声惨叫，震得三青鸟振翼而飞，长信宫灯的烛火都跳了好几下。

"那小子又出什么事了？"博山炉气愤地喷了几口烟，扰人清梦啊！

"前方发来报道，是那小子手欠，用了留青梳。"湖州狼毫笔幸灾乐祸地笑道，差点把自己从小叶紫檀笔架上笑掉下来。

"哎哟喂！留青不是因为头发断了一截，脾气变得很暴躁吗？"影青兴致勃勃地议论着。

"是啊，就是因为这样，那位爷现在情绪不稳定，性别转换之后，不知道什么时候能再转换回来。"玲珑笑嘻嘻地说道。

"话说，我真的很想知道，留青到底是男还是女……"影青非常好奇。他们这些器物，从有精魄起，就像是有意识一般，从最开始就有了性别。但留青梳好像不一样，有时候是个青年，有时候是个少女，雌雄莫辨。

"当然要随它的心情喽。"

医生自然听不见古董们在八卦什么，在一开始的不可置信过后，他现在已经能好好地坐在椅子上，听老板讲留青梳的故事。

只不过，手还是不老实，时不时在自己身上摸摸这里，再摸摸那里，脸上的表情一会儿懵懂一会儿谜之微笑。

"……总之，你赶紧再用一次留青梳，说不定就能变回来。"老板单手撑着额头，压根儿不想看面前这个人犯傻。

"再等等嘛！不是谁都能有这种体验的！"医生笑眯眯地断然拒绝，不过旋即变了脸色，"等等，你说'说不定'是什么鬼？难道还有可能变不回来？"

老板双手一摊，淡淡道："以前是能变回来的，所以我说现在这梳子不能用了。是你自己不听我的警告。"

医生震惊，连忙拿起桌子上的留青梳，赶紧往自己的头发上梳了一下。

毫无变化。

再梳、又梳、拼命梳……

还是毫无变化。

"这可怎么办？我一会儿还要去值晚班啊！这副模样谁能让我去值班啊！"医生崩溃。

老板端详了一下现在的医生，微微失神了片刻。本来医生长得就比常人出众，现在变成了女生，更是意外地清秀可人。

"总而言之，你先打电话请个假吧。"老板轻咳一声，移开了目光。

"对对，让淳戈帮我代下班。他上次出去旅游还是我帮他代的班，还没还给我呢。"医生连忙掏出手机。

"喂？淳戈吗？晚上帮我代个班，我有事去不了了。什么？你问我是谁？你听不出来吗？"

还真听不出来，因为声音也随之变了。老板在旁边默默地吐着槽。

"这手机是我本人的！不是我捡的！……我也不是他女朋友……女朋友……"医生说到这里，显然也是发现了问题出在哪里。

看不下去的老板拿过他手中的手机，沉声道："是我，对，他在我这里。哦？刚才？刚才我们用了下变声软件。嗯，帮他代下班吧，谢谢。"

医生气鼓鼓地看着老板游刃有余地帮他请了假，特别不平衡自家哥们儿居然信任老板都不信任他。看看！这都挂电话了！也不多问两句！万一他出了什么事呢？

哦，不对，他确实是出了什么事啊！

医生越想心里越不平衡。

老板把手机还了回去，起身道："我先给你找件衣服吧。"

医生也站起身，趁老板不备，用留青梳给他梳了一下头，"嘿嘿，我也很想知道你变成女生长什么样子啊！呃……"

老板什么变化都没有，转身淡淡地看着医生，伸出了手，"我先替你保管留青梳吧，省得它脾气更坏了。下次给你变成只青蛙，需要公主吻醒才能变回来也说不定。"

"呵呵，没这么邪门吧？话说老板你居然也会看外国童话啊真意外……"

医生被吓得一抖，乖乖地把手中的留青梳交了出去。

老板拿着留青梳走进了内间。医生只是新鲜了一会儿自己的身体变化，就有些昏昏欲睡了。等他醒来的时候，欣喜地发现自己已经变回了男生。

"老板！老板？"医生找了一下，发现老板并没有在外间。此时手机铃声响了，淳戈打来电话说他有个临时手术，没办法帮他代班了。

"老板！我先去上班了！"医生在外间吼了一声，整理了一下衣服便匆匆离去。他平常也是这样，反正哑舍的大门防盗，他只要关上了就好。

在哑舍内间深处的某个房间里，老板坐在一张贵妃榻上，整个人躺在烛光照不到的黑暗之中，只能看到地板上蜿蜒着几缕长长的头发。

"真是调皮啊……"

一个陌生的声音带着无奈叹息着。也不知说的是手中的留青梳，还是刚刚离开的那个人……

铜权衡

随着囚禁的日子越来越长，孙朔知道自家小公子的情绪日渐低落。

"殿下，您想要什么？孙朔如果能做到，会尽力帮您取来。"孙朔每日都会问上这样一个问题。

胡亥都轻蔑以对。

又过了许久，孙朔终于下定决心，对着从来不正眼看他的小公子，郑重地承诺道："殿下，我们来打一个赌。如果殿下您赢了，我会放您自由。"

"哦？什么赌？"胡亥终于转过了头。

孙朔看着那双赤色的眼眸，终于出现了自己的倒影，欣慰地勾起了唇角，"在这片庭院之中，有臣的本体在。只要殿下找到臣的本体，臣就会放殿下自由。"

"哦？这么简单？若孤找到了，你反悔怎么办？"胡亥挑了挑眉梢，不信孙朔会这么好心。

"殿下既然找到了臣的本体，自然可以毁坏它。只要毁坏，臣就会永远消失。"说到这里，孙朔叹了口气，真心实意地续道，"当然，臣自然不会希望这样。臣希望永远跟在殿下身边。"

"如果孤输了呢？"胡亥追问道。

"一天，只可以询问一次。如果输了，殿下就继续在这里住着，和往日没有任何区别。"孙朔小心翼翼地回话道。

胡亥把孙朔的赌局来来回回地琢磨了好几遍，并没有发现什么问题，便倨傲地点了点头道："既然你诚心诚意地要求，那孤就答应你。"

"谢殿下赏脸。"孙朔微笑着应道。

只是他的微笑，因为傀儡脸部的僵硬，而显得有些诡异。

从赌局开始的那天起，胡亥就多了一个生活的重心。

他也不知道孙朔的本体是什么，也许在孙朔附身的傀儡身上，也许在庭院的某处。

但他完全不知道，那应该是什么东西。

不过没关系，一天可以问一件事物，这样淘汰下去，总有一天他会找到的。

孙朔看着自家小公子又重新恢复了生机勃勃的样子，心满意足。

是啊，就应该这样。

这世上，只有他最了解自家小公子。

胡亥用排除法，每天排除一间屋子，把屋子里的所有可疑物品，都挨个地问过去。

看起来好像是笨方法，但因为有看起来很容易达成的目标，所以并不绝望。

直到有一天，他推开了一间尘封已久的屋子的门，在里面看到了成千上万个铜权。

这间屋子很大，里面有一排排的书架，书架上摆满了大大小小的铜权，每一个上面都落满了厚厚的灰尘。

"啊，孤知道了，你的本体，一定在这间屋子里。"胡亥对跟在他身后的孙朔，如此说道。

"也许吧，我的殿下。"

"孤怎么会忘记了，当年你很宝贝一个铜权，一直都带在身上的。"胡亥忆起了很久很久之前的事。

"殿下您还记得，臣很高兴。"

胡亥在书架之间，缓缓地走动着，看着书架上密密麻麻的铜权。

孙朔站在门口，低头笑着。

"收集铜权很容易，很多铜权看起来都很相似，就像是平民百姓，到处皆是。

"如果殿下的金印放在这里，殿下只消扫一圈就能找得到。"

"人生下来，真的是有贵贱高低之分。"

这样也很好，这么多铜权，小公子一天问一个，也能在这里安安稳稳地住上许久了。

孙朔这样想着，却在下一秒，看到了一个手掌伸到了他的面前。

而在如玉的掌心之中，静静地躺着一个沾满了灰尘的铜权。

啊，真是不应该，这铜权上的灰尘，把小公子的手都弄脏了。

"是这个吗？"胡亥用他那冰珠般的声音，一字一顿地问道。

孙朔深吸了一口气，一时不知如何回答。

还真的，找到了。

"人虽然有贵贱高低之分，但命运却对每个人都一视同仁。

"孤的金印早就不知所踪，这里好歹还能有这么多铜权保留下来。"

而且，笨蛋，只有这个铜权，在角落里，却最光滑。一看就是曾经被人经常抚摸过爱惜过的。胡亥把这个铜权塞到孙朔的怀里，转身离开。

他在跨出门槛时，淡淡吩咐道："明天孤想喝蓝莓汁。"

孙朔紧握住掌心的铜权，心中是许久未曾感觉到的狂喜。殿下，这是不打算离开了吗？

"诺，我的殿下。"

白泽笔

【天光墟】

"六博棋？呃,听说过,没玩过。"汤远挠了挠头,他倒是听师父说过一次,曾经也嚷着想玩,但被师父一打岔就给略过去了。

"这么好玩的棋你都没玩过啊？"紫衣青年一副同情的目光看着他。

汤远暗暗地咬了咬牙,决定下次带象棋、国际象棋、跳棋、飞行棋、大富翁来给他玩！他深吸了口气,拽回重点来问道:"六博棋的棋子上为什么写了人名？而且还是我认识的人？"

紫衣青年把嘴里的饼干咽了下去,意外地眨了眨眼睛道:"这我可就不知道了,这是我在天光墟交换来的东西,已经不知道过了几手了。"

汤远把手中的棋子翻来覆去地看了几遍,没有看出什么门道,看起来就像是普普通通的一枚棋子,"就只有这一枚棋子吗？其他的棋子你还有吗？"

紫衣青年舔了舔手指上残留的饼干渣,笑眯眯地说道:"当然有啊,以物易物,公平交易。"

"……"汤远默然无语。

他之前怎么会觉得这小子可怜呢！

"还有十一枚棋子、棋盘和棋盒。记得交换的吃的不许有重复的哦！喏,不过这种饼干可以再来一盒。"紫衣青年砸吧着嘴,掰着手指头算计着。他就怕这汤小爷对六博棋不感兴趣,否则剩下十一枚棋子就都浪费不成套了。还好,这汤小爷看起来还挺在意的。不枉他特意挑了这个带名字的棋子。

对于这种不择手段的吃货精神,汤远也是很服气。好在零食什么的对他来说买到也很容易，便认命地叹道："好好好，都要都要。其他棋子上，也都有名字吗？"

"只有另外一枚有。"紫衣青年想起那枚棋子上的名字，便沉下了脸。说完就不再多说别的，挥了挥手中的饼干盒，转身离去。

好想知道另外那枚六博棋上写着的是谁的名字啊！

汤远恨恨地跺着脚，却什么都做不了，只能把手中这枚六博棋的棋子贴身收好，拎起背包朝一旁的郭奉孝和岳甫走去，"两位大哥，这是这回的书，你们看看满意不？"

汤远第一次来天光墟结交的郭奉孝和岳甫，虽然最开始对他们也是不怀好意，但最终结果还是不错的。况且岳甫因为自己动过歪念头，各种愧疚，后来在天光墟帮了汤远很多忙。

要知道最开始，还是有很多人看他汤小爷年纪小，想要欺负他来着。

汤远每次给他们带的书，都是按照他们的需求来的。郭奉孝喜欢看谋略方面的书，岳甫则是偏好山川地理方面。两人一开始都抱怨简体字和从左往右横看不习惯，不过看着看着也就不得不习惯了。郭奉孝博闻强识，看完书还能与天光墟里书斋的老板用这些书再交换书看，倒是把他们以前僵持的关系弄得稍微缓和了一些。

而他们用来与汤远交换的，就是天光墟的情报。

汤远不在的时候都发生了什么？谁最想要得到什么东西？谁按捺不住想要离开天光墟了？诸如此类的消息，说是情报，莫不如说是八卦。

岳甫是负责天光墟治安的军士，郭奉孝有各种渠道，再加之他们在天光墟滞留的时间颇长，这两人说不定是天光墟内消息最灵通的存在。

汤远一边听一边表情扭曲，因为天光墟里许多人都是历史上的名人，这些人搞出来的八卦逸事，他也是过了好一阵才淡定如常的。

岳甫拿了书，说了几条八卦当交换，便迫不及待地找个清静的地方看书去了。只剩下郭奉孝，陪汤远走去施夫人所在的绣坊。

"对了，据说赫连那家伙最近入手一支笔，可以改写任何字画和还原能力。"郭奉孝用扇子敲了敲手掌心，一脸的艳羡，"小汤圆，你可以想想下次带来什么东西，把那支白泽笔换过来。"

"白泽笔？"汤远的脸色凝重了少许，他从师父的口中，听说过这个古董，"赫连他是从什么地方入手的这支白泽笔？"

"据说是从前不久来天光墟的新人手里换的。据说在你们来之前就换到了。"郭奉孝打开扇子，徐徐地扇了起来，"怎么？你知道这个白泽笔？"

"听说过。"汤远只说了三个字，就沉默了下来。

天光墟看上去像是没有时间流动，但事实上也是有时间的。因为这些来到天光墟里的人们，都是有先后顺序的。

只能说，天光墟也是有时间流速的，但非常慢，而且是独立于真实时空的。

这天光墟里有各个朝代的人，可汤远来来回回这么多次，却从来没在天光墟里碰到比他现在时间更未来的人。

这代表着什么，难道说天光墟也有泯灭的一天？

而且，所剩的时间不多了？

他不敢去深想。

白泽笔之前一直都是在赵高手中，后来是不是也一直在他手里，汤远不清楚。再加上刚收到的那枚写有陆子冈名字的六博棋棋子，汤远觉得这其中应该埋藏着什么线索。

"好啦，想要知道什么，在下帮你去打听。小小年纪，不适合把眉头皱得那么紧。"郭奉孝合拢扇子，用顶端点了点汤远的眉间，笑眯眯地说道。

"那就拜托大哥哥了！我下次多给你带几本书！"汤远精神一振，把自己的怀疑挑着能说的说了出来。

郭奉孝一边听着，一边微微眯了眯双目。

和氏璧

拉美西斯二世今天也是无所事事。

他听着博山炉讲当年的往事，顺便学习中文。

老实说，博山炉是个很好的中文老师，他习惯一个故事翻来覆去地讲好多遍，讲到所有古董都倒背如流，不得不全员抗议的程度，才会换下一个故事。

就是博山炉喜欢拽文言文，法老王有些词语真心听不懂。为什么有的字在这里是这个意思，在下句话就换了个意思？不是同样的发音和字形吗？

那四个字四个字的成语，听起来倒是抑扬顿挫非常顺口，但要理解起来真心困难。不懂这个国家的历史，还真听不懂这些成语。

还有那量词，什么一只鸡、一头牛、一条鱼、一朵花、一匹马、一滴水、一粒米、一片草地……还有比这更让人崩溃的吗？

拉美西斯二世一边在内心疯狂吐槽，一边还要维持着法老王的尊严，时刻保持迷人的微笑。

今天的影青实在是不想听博山炉再讲当年他如何在盗墓贼的肆虐下存活下来的故事，故作天真地问着年轻的法老王："那个什么西斯，你在哑舍待了这么久，都把我们认全了吗？"

"呃，只认识了一些。你叫影青，门口的两位小姐姐叫玲珑、琳琅……"法老王心领神会，配合地一个个名字念过去，眼神所及之处，便是一个个古董所在的地方。

博山炉果然不再说话，而是兴致勃勃地听着法老王点名，偶尔有他念错或者读音不准的，还帮他及时纠正。

年轻的法老王记忆力惊人，很快就把在外间摆设的诸位古董都点了个遍，连没有出过声的也都询问了一下，得到了准确的名字。

虽然，他并不知道有些古董是用来做什么的，毕竟两国文化有差异。

也许是得到了前所未有的关注，法老王挑了挑眉，问出了一个思考了很久的问题。

"在这里，究竟谁是老大呢？"他说完，也觉得这个问题有点歧义，补了一句道，"当然，除了老板。"

本来叽叽喳喳的哑舍之中，一下子肃然无声。

年轻的法老王皱了皱眉，难道是他问错了？可是但凡一个团体，肯定就有等级之分。他在哑舍待了这么久，竟不清楚哪个古董是最厉害的。

"喏……说起老大的话，应该就是那位了吧……"

"被您这么一提，也只有那位了。"

"是的，只有那位，才能让老夫服气。"

"说起来，那位已经许久都不露面了。"

一时间，哑舍里窃窃私语声不断，但谁都没敢提那位的名字。

年轻的法老王更好奇了。

"传说得那位者得天下，也不知道是真还是假。"

"据说是假的，但所有统治者都趋之若鹜啊！"

"啊，那位一定长得极美。"

"这……倒是真的。"

年轻的法老王眯了眯双眼，觉得他应该有机会，去哑舍的内间里探探险了。

天钺斧

赵匡胤早就知道自家弟弟送给他的这柄玉斧与众不同。

除了他之外，没有人能拿得起来。

斧，意为权柄吗？

这柄玉斧，真的是传说中周武王的天钺斧吗？

赵匡胤曾经不动声色地试过好几个人，都无法拿起来这柄天钺斧。

很古怪，隔着盒子就可以拿得动，但若是直接接触斧柄，就算是拿得起来，也会很快因为手腕莫名酸软、疼痛而让玉斧跌落在地。

难道，只有真命天子，才能拿得起这柄天钺斧吗？

赵匡胤的心情颇为沉重。

他此时已经登基十年，杯酒释兵权之后，大宋的江山稳固。虽然他刚过不惑之年，但也是时候考虑皇位继承人了。当然，朝臣们请立太子的折子从他一登基的时候就有，近些年更是如雪片般上奏而来，只是他一直都没有下定主意罢了。

他一共有四个儿子，长子德秀和三子德林都早亡，只剩下次子德昭和幺子德芳。

次子德昭已经十九岁，喜怒不形于色，特别不会讨人喜欢，说话也硬邦邦的毫无变通，口无遮拦根本都不过脑子，连他这个亲爹都不是很喜欢他。以致现在都没有给他封王，更别说立他为太子了。

而幺子德芳才十二岁，还看不出来品性如何。

赵匡胤的江山，也是从幼主手中得来的。他比旁人更清楚，君弱臣强的局面，会造成什么样的后果。五代十国政权更迭，都是前车之鉴。什么立嫡立长，也要考虑继承人有没有能力承担重任啊！

所以他宁肯考虑自己的弟弟来继承这个江山，也不愿儿子当上皇帝后，没几年就改朝换代。

他弟弟赵光义三十一岁，赵光美二十三岁，都是风华正茂之时。尤其赵光义，一路陪着他鏖战沙场，是他的左膀右臂，能力心性都无可挑剔。

赵匡胤正站在御花园的亭子里思索，就看到他的幺子德芳蹦蹦跳跳地朝他走来，毫无维护自己皇子形象的自觉。

"父皇！可有什么好吃的？"还在长身体的德芳吃多少都不够，刚从滋德殿的皇奶奶那里回来，吃了一肚子的点心，才走到半路就又饿了。

赵匡胤沉默地看着幺子毫不客气地扑向亭子中央的圆桌，抓起上面的点心就往嘴里塞，根本不在意自家老爹会不会同意或者生气。

这德芳自小就被娇惯着养大，他两岁的时候赵匡胤就黄袍加身当了皇帝，没经历过什么苦日子。赵匡胤看着他，就想到了秦二世胡亥，总觉得传位给他，大宋朝恐怕也是个二世而终的结局。

不过，也应该给他一个尝试的机会。

赵匡胤无声地叹了口气，对胡吃海塞的德芳淡淡道："把桌上那个玉斧给朕拿来。"

德芳毫不在意，以为是自家父皇懒得走两步路了，一只手抓着吃了一半的雪花酥，另一只手随意地在袍子上擦了擦，就这样拿起了桌子上的天钺斧。

赵匡胤的嘴角抽了抽，觉得自己恐怕还应该感谢这臭小子，居然还记得拿天钺斧之前擦擦手。

"哐当！"

德芳才刚拿起来那把玉斧，就像是手滑没拿住一样，玉斧毫无预警地跌落在石桌上。

还好，因为拿起来的距离不是很高，玉斧并没有碎掉。

德芳嘴里刚嚼了一半的雪花酥噎在了嗓子里。他当然知道父皇有多喜爱这柄玉斧了，几乎日夜不离手的！

完了完了！他要被老爹骂死了！连皇奶奶也救不了他了！

他越想越害怕，吓得都打起嗝来了。

赵匡胤看到他这副噤若寒蝉的模样就来气，随手拎起天钺斧就要打他。

德芳连忙撒腿就跑，跑之前还不忘把石桌上的那盘雪花酥顺手拿走，那身手利落得让人叹为观止。

赵匡胤看着这不成器的儿子落荒而逃，握着天钺斧生着闷气。

立太子什么的，还是再缓缓吧……

独玉佛

今年才九岁的拓跋宏压抑着怒火，在佛堂前来回踱着步。他几次想要抬手敲开佛堂的门，都在手指即将碰到门板的时候，无力地收了回来。

他恨自己的怯懦，也恨自己的退缩。

父亲暴毙，他竟然连最后一面都见不到。

明知道父亲的死因蹊跷。

因为他知道，如果他敢表现得有一点点抗拒，在佛堂之中的那个女人，就敢把他送下去见他的父亲，绝不手软。

拓跋宏跺了跺脚，鼓起了十二分勇气，在佛堂外颤抖地出声道："太皇太后，宏儿求见。"

佛堂内一片寂静，半晌之后，才传来一声幽幽的叹息。

"进来吧。"

拓跋宏咬了咬牙，伸手推开了那扇对他来说还过于沉重的门板，一如十一年前他的父皇一般，走进了这间清冷的佛堂。

浓重的檀香味迅速地把他包围住，拓跋宏在垂下的白色帷幔中央，找到了佛龛和跪坐在佛龛前的太皇太后。

她依然那么年轻，背影曼妙，低垂的脖颈高洁白皙，整个人看上去像是无害的天鹅，完全没有侵略性。谁也不信这样的女子，竟可以将朝政和权柄玩弄于股掌之上。

拓跋宏知道，她可以，而且玩得十分娴熟。

规规矩矩地在她身后的蒲团上跪好，拓跋宏抬起头，看向佛龛上供奉的那尊头首分离破碎的独玉佛。

早在他登基之前，父皇就已经跟他讲过这尊独玉佛的历史了。传说正是因为他的高祖父太武帝下令灭佛，杀戮过重，而受到诅咒。

所有继承人，都活得不长久。

父皇给他讲述这段历史的时候，是用着半信半疑的语气。毕竟这样的诅咒，谁也不可能完全相信。

可父皇，才二十三岁，就驾崩了。

拓跋宏静静地看着这尊只有一尺高的独玉佛，那道无法修补的裂痕从佛像的颈部裂开，衬得温润慈善的佛像，显得异常狰狞。

他没有说话，冯太后也没有。两人一个抬头，一个低头，在袅袅的佛香中，均沉默不语。

胸中的怒火，并没有因为沉默而熄灭，反而越烧越旺。

拓跋宏闭了闭双目，再次睁开时，已经把眼中的怒火掩饰了下去。

"太皇太后，父皇英年早逝，是否因这独玉佛的诅咒？"他的话语天真无邪，就像无知稚子好奇的询问一般。其中又蕴含着恰到好处的沉痛，任谁看都是一个幼年失怙、六神无主的孩童。

"万事皆有因，万般皆有果。"冯太后一字一顿地说道，她的眼眸依旧低垂，像是半睡半醒。

"我……朕会不会也是如此？"拓跋宏咬了咬牙根，装作懵懂地问道。

"修建石窟，重兴佛教，也许会破除诅咒。"冯太后叹了口气，"你父皇就是不听哀家的话。这种事情，自然是宁可信其有，不可信其无啊。"

拓跋宏藏在身侧的小拳头攥得紧紧的。这个女人的意思，无非就是要遵从她的指令。她说什么，他就要做什么。否则，他与父皇是一样的下场。

父皇在军中威望渐起，这个女人感受到了威胁，便让父皇英年早逝，把原因推给了诅咒。

想起他祖父也是二十六岁就去世……如果也是这女人的手笔……那未免太过于可怕……

拓跋宏咬了下舌尖，克制住自己再往下的深思，违心地表忠心道："谨遵太皇太后懿旨，宏儿会听话的。"

"甚好。"冯太后满意地点了点头。

拓跋宏对着佛像深深地拜服了下去。

如果佛祖有灵，拓跋宏在此起誓。

父之仇，弗与共戴天！

龙纹铎

"老板，其实我觉得，哑舍里的古董都没那么神奇。"正摊在官帽椅上纳凉的医生，忽然直起身，兴致勃勃地说道。

"哦？"老板见怪不怪地应了一声，并没有多大兴趣。自从医生见多了哑舍里稀奇古怪的事情，世界观被颠覆之后，最近就一直在挣扎着用科学的方式来解释这些现象。

"例如说黄粱枕，现实中出现了梦里见到过的场景，这就是既视现象，也就是海马效应。"医生振振有词地分析道。

"哦。"老板头都没抬，随口应道。

"嗯……虽然有一系列原因可能会引起海马效应，但真正成因还是没有被证实。"医生的声音又低落了下去。

"哦。"老板继续翻了一页书。

"像萧寂自称被受害人附身，实际上也不过是为了洗清自己身上的犯罪嫌疑。这对身为畅销悬疑小说家的他来说应该是很擅长的。"医生想起了之前在巷子里捡到的那位帅哥，"不过，萧寂大大的演技真好，演妹子的表情动作都很传神啊！"

"哦。"老板拿起杯子轻啜了一口浓茶。

"像我那次以为自己被吸到一个杯子里，以为哑舍里的古董都会讲话什么的，一定都是我的臆想。"医生越说越觉得自己判断得对，双手环着胸，给自己点了点头。

"哦。"老板放下了杯子，又给茶壶里添了点水。

"前几天的那个龙纹铎，说是摇一下就能让人听从命令，这明显就是催眠嘛！而且里面的铜舌片就没有用，木舌片才有用，说明应该是发出的特定音波有特殊频率，才有催眠效果。"

"哦。"

医生继续喋喋不休地唠叨着，倒不像是在说服老板，而是在说服自己要相信科学。

老板一开始还有一搭没一搭地附和着，后来终于忍不住了。

"哦？那穷奇和环狗怎么解释呢？"

"……幻觉……一定都是幻觉！"

"那你现在兔子玩偶的模样怎么解释呢？"

医生的两个长耳朵耷拉了下来，默默面壁去接受现实了……

玉带钩

我是一个玉带钩，从有神智起，就陪在了西伯侯身边。

我看着他勤政爱民，看着他收服其他部族，看着他……被纣王囚禁。

他喜欢摩挲着我自言自语，倾诉着对子民的担心，忧虑着在朝歌做人质的大儿子伯邑考的安危。

我看着他在监狱中卜卦，每次蓍草显示出的卦象我都看不大懂，但西伯侯的脸色越来越凝重，我也猜得出来情况不妙。

直到那一天。

我看着他含泪吃掉了用他儿子做成的肉糜。

看着他泣血发誓。

"我……想要活下去……"

"想要灭了这殷商！"

"我做不到……我儿子也要做到……我儿子如果做不到……我孙子也要做到……"

他连说话都不敢高声，只能从牙缝间挤出气音，混合着舌尖的鲜血，一个字一个字地慢慢咬着牙发誓。

一滴血掉在了我的身上，带着滚烫的热度。

我觉得，我永远忘不了这一刻。

我觉得，西伯侯也忘不了。

所以他一直带我在身上，直到死亡的那一刻，才把我交给了他的二儿子姬发。像是把这个野心，传递了下去。

何为野心?
乃狼子野心。
乃不臣之心。

定盘珠

【天光墟】

郭奉孝陪着汤远往绣坊的方向走去，还没到地方，就远远地看到绣坊门口倚着一道曼妙多情的身影，不由得心下大惊。

身旁的汤远小朋友一声欢呼，飞快地跑过去投入对方张开的怀抱之中。

郭奉孝顿时目瞪口呆，这位汤小爷，竟然有资格让施夫人在门口等候？

看来他还是小瞧了这汤小爷在施夫人心中的地位。他连忙加快步伐走了过去，得到了施夫人一个赞赏的眼神，便知情识趣地行礼告别了。

这汤小爷不简单啊……

郭奉孝忍住回头去看的念头，摇着折扇缓步离开。

汤远却被施夫人领着，穿过绣坊的大堂，走进暖阁。汤远一推开门，就看到暖阁的案几上摆着几盘精致的点心，立刻睁大了双眼扑了过去。

"慢点吃，没人和你抢。"施夫人显然对汤远的反应很是受用，笑靥如花。全然不提这些糕点是她亲手做出来的，也不提在天光墟弄些做糕点的原料有多困难。

她不说，汤远也不傻。虽然对天光墟了解不深，但也知道这里吃食并不是必需品。他细细地品味着云片糕入口即化的香糯口感，幸福地微眯双眼。

食物有没有用心思，其实是吃得出来的。

虽然他没有吃过，但这应该就是传说中的"妈妈的味道"。

迎着施夫人慈爱的目光，汤远从背包里翻出来一个小盒子，笑嘻嘻地递了过去道："夫人，这是交换糕点的东西，入乡随俗嘛！"

在天光墟，想要什么物品必须用其他物品与之交换。汤远吃了施夫人做的点心，自然也不可能不回礼。

"哎呀，你这孩子，讲究什么？"施夫人心中熨帖，脸上挂着甜美如少女般的微笑。她口中虽然抱怨着，但心下却不由得期待着。上次这小汤圆给她带来的发饰精美绝伦，那种不知道什么材质的宝石切割得晶莹剔透，在灯光下闪烁着如梦似幻的光芒，简直让人爱不释手。

盒子打开，施夫人看着里面放着的一副珠算，怔愣了半晌。

"这……这是……定盘珠？"施夫人把珠算拿在手中，那一颗颗算珠圆润可爱，但却光泽暗淡。

"是哒！上次夫人与我闲聊的时候提起过，我找了找，还真找到啦！"汤远挺起小胸脯，邀功地说道。当然不会提起自己为了找埋藏这个定盘珠的地方，付出了多少努力。

施夫人盯着定盘珠许久，不禁长叹了一声，摸着汤远的小脑袋柔声道："这还真是无法拒绝的东西。算起来，这几盘糕点远远不及这件定盘珠呢。"

"足够啦！"汤远连忙再往嘴里塞了块桂花糕，表示自己超级爱吃。

施夫人想着汤远寻回来这定盘珠，最高兴的应该莫过于墟主了，等墟主给小汤圆奖励也可以。

只是，这定盘珠依然在沉睡，想必是受了很大的委屈。

隐约听其他人提起过珠儿的故事，施夫人想起来也难免唏嘘不已。

那刘秀也好，吕不韦也好，她的墟主也好，不管他们最终是帝王，还是丞相，抑或谋臣，本质上，都是商人。

虽然世人认为商人是最卑贱的职业，但这世上无事不可言商。

所有东西都有价格，有价格就可以与之交易。

而商的本质，就是交易。

当一个皇帝或者丞相并不难，身处高位，自然比旁人看到得更多。

谁需要什么、谁想要什么、谁渴求什么，都能看得一清二楚。

分析情报、整合资源、衡量价值、利益交换……

看，皇帝或者谋臣所做的事情，其实和商人也没有什么本质的区别。

可是这样的后果，是习惯性地分析每个人说的每句话、每个表情、每个动作，都代表着什么心思。

而最终，将会再也不能简单地面对一个笑容、一个回眸、一个深深的注视。

施夫人深深地叹了口气，摸了摸汤远的小脑袋。刺刺的头发在掌心划过，是种令人上瘾的触感。

如果她有孩子，也应该能和小汤圆一样聪明可爱吧……

那人告诉她，舍得，有舍，才有得。

也就是说，想要得到什么，就必须舍弃什么。

可是她有时候真想问问他，这么多年的午夜梦回，会不会后悔呢？

"我……我能把这些糕点打包带走吗？"汤远不忍心一次就吃完。当然，这么好吃的糕点，他也想要带回去给医生大叔尝尝。

这又有何难？施夫人收起面容上的表情，轻摇桌边的铃铛，立刻就有婢女走了进来。

"谢谢夫人！等我下次来，再给您带好看的发卡！"汤远一抬头，发现施夫人的发髻上，正插着他上次来给她带的水钻发卡，开心地弯起了小嘴角。

"嗯，就这样说定了。"施夫人漾起了温柔的笑容。

虎骨䗌

我叫张冠，是宋越律师的助理。

宋律师是我最尊重的律师之一，当我还是大三的学生时，老师曾经在课上播放过一段他在庭审现场的录像，这给我留下了极其深刻的印象。

我忍不住向老师打听了宋律师所在的事务所，在大四实习时，我向秦氏律师事务所投了简历。

我面试的时候，考官就是宋律师，我抓住了机会，明确地表明了自己对他的崇拜，并且十分礼貌而克制。

最终，我达到了目的，成了他的助理。

在他身边学习，让我有了极大的收获。他手中的案子一向都是事务所里最难的，有时候我看着案卷，觉得是必输的案子，然而在他的辩护下，却生生扭转。

法官手中的法槌每落下的一声响，都像是在为他鼓掌喝彩。

我记得我曾经在某次庆祝案子胜利的酒宴上，问过宋律师。

"如何才能成功？"

"喏，拿射箭做比喻，成功就是你想要达到的目标。你所做的，当然是瞄准目标，计算好干扰的风速和箭下落的痕迹，用力，松手。"

"呃……"

"没听懂？啧，有些人连自己的目标都无法确定，只把目标二字当作空泛的名词。你说你连箭射到哪里都不清楚，还如何成功？

"风是有可能干扰你前进的外因，风速有可能会变，风向也有可能会变，这些都需要提前做准备。

"箭下落的痕迹，就是你的内因，要考虑到自己的力道是否充足，足够射到箭靶。

"用力自然不用说了，不管你的目标是什么，肯定都要付出努力。有些人成功很简单，就是他足够努力，努力到外因和内因都不用考虑。有些人成功就有点复杂，复杂到所有因素都需要考虑。

"但越考虑就越容易犹豫，所以松手的时机也很重要。

"没人保证，你成功的目标是个死靶子，万一下一秒，它移动了呢？变得更远了呢？或者……消失了呢？"

"当然，手指上还要记得有鞢保护，不会被急速回弹的弓弦抽到手指。"说到这里，我注意到宋律师摩挲了一下他左手拇指上的那枚扳指，我知道这是宋律师的幸运物，没想到还有这样的寓意在里面。

"你看，射箭也不是谁一上来就是百步穿杨的神射手，要屡败屡战，才能到达百战百胜的境界。"

"……多谢宋哥教导。"

看着宋越上扬的嘴角和双眼溢出的神采，我觉得，这辈子都忘不了这一刻。

象牙骰

刘义隆把玩着手中的象牙骰。

这是一枚象牙所制的骰子，已经是姜黄的颜色，包浆锃亮。上面的雀丝也丝丝缕缕，一看这枚骰子就很有年头了。

刘义隆并不喜欢赌博，这枚象牙骰是他父皇的遗物。

距他父皇过世，已有三十年了。

现在回想起来，刘义隆都无法确定，当年遇到的那个少年，是真正存在过，还是他的幻觉。

不过，不管到底怎样，父皇肯定都会对他失望了吧？

早就算计到了两位皇兄会自相残杀，最终被臣子们联手去除，表面上干净的他装作浑不知情，被众臣从荆州迎回了都城，继承了皇位。

若是早就显露出竞争皇位的念头，也许两位皇兄就不会死，会被他巧妙地囚禁起来，安度晚年。

但他不愿冒这个险，毕竟只有死人，才会永远安宁，其他臣子才不会动别的心思。

开了残害手足的头，他就难免越发疑神疑鬼，总觉得其他弟弟也都是潜在的威胁者。

是啊，他从大哥和二哥的手中窃走了皇位，那其他弟弟也都可以学得有模有样。

尤其他的四弟，刘义康，小字车子。

看，连小字都和他很像，一个是车儿，一个是车子。

应该，是父皇当年随口所取，也难得他不会叫错。

四弟他做得很好。

他体弱多病，太子年幼，他生怕这刘家天下落在旁姓人手中，所以多处倚仗四弟。在杀掉拥立他登基的众臣之后，他就更离不开四弟的辅佐了。

在他缠绵病榻的时候，四弟经常尽心尽力地亲自服侍他，所有入口的药汤和食物都要亲自试毒。

刘义隆承认，他那时真的是被感动了。

可是，暗部呈上来的报告，却说四弟暗中养了六千兵马，意欲何为？还用说吗！

四弟趁他病重不能理事，权倾朝野，所有进贡的东西，最好的都送到东府，差一些的才送进宫中。

这些事，难道都当他不知道吗？

这朝野上下，只知彭城王，不知皇帝。

父皇，这不是他不念手足之情。

实在，是四弟逼着他杀他啊。

否则，他又怎肯脏了自己的名声？

不知为何今夜会想起多年前的往事，刘义隆长叹了一声。

也许，是因为太子不孝，居然在含章殿前埋了他的玉像，用巫蛊之术咒他早死吧……

这样的儿子，要来何用？

在一旁沉默许久的尚书徐湛之一言不发，深夜被传召而来的他，自然也知道困扰皇帝多日的是什么事。但这归根结底是皇帝的家事，他只能领旨，不能多说一句。谁知道说的话会被皇帝做哪方面的解读，事后想起来就都是他的责任。

多说多错。

不过，这样拖下去也不是办法，这世上没有不透风的墙，太子为了保命保位置，谁知道能做出什么事？

这个道理，刘义隆也懂。
所以就算他再不忍心，也必须做个决断。
据说父皇在难以抉择的时候，都会求助于这枚象牙骰。
那他也把命运交与上天安排吧。
就像是处置四弟的那次一样。

如果是一点，那就杀之，不留后患。
其余点数，废之。
看，他还是对太子留有感情的。
刘义隆一边想着，一边扔出了手中的象牙骰。

此时，外面噪声大起。
刘义隆没有分神，紧盯着在桌面上滴溜溜转动的象牙骰。
在利刃朝他劈来的时候，他都没有回过神，下意识地举起凳子挡在身前。
手指剧痛，竟是直接被来人全部砍断。
身畔传来的尚书徐湛之的惨叫声，也在下一瞬间戛然而止。

刘义隆在胸口被刺穿的时候，才反应过来，是太子逼宫了。
竟然买通了宫内所有的侍卫吗？才会近在咫尺了都没有人护驾？！
刘义隆的脑海中闪过了很多片段，太子越来越不羁愤恨的眼神、越来越不恭敬的举止、越来越狂妄的言语……这些细节，他竟都选择视而不见……
在这世间的最后一刻，刘义隆看向了桌上那枚已经停止转动的象牙骰。
正面朝上的，是那红彤彤的一点。

震仰盂

刘盈刚过花甲之年，在这个世界上已经比很多人都活得长久了。

他经历过苦难的童年，当过七年皇帝，之后……便开始浪迹天涯。

他"死"后，他的弟弟继承了皇位，之后是他的侄子。他看着他们轻徭薄税，以德化民，让这片大地从民不聊生的乱世，逐渐变得四海升平国泰民安，人人安居乐业。国库之中的铜钱都因为长时间没有使用，穿钱的绳子都腐朽了。粮仓里的粮食都富裕积压得流了出来，烂掉了许多。

这样的太平盛世，简直前所未有。

所有百姓都歌颂着，赞叹着。

刘盈庆幸，让出皇位，是他这辈子做得最正确的一件事。

他跟随着那个年轻的先生走过许多地方，看过许多风景，认识了许多人。随着年纪的增长，他变得越来越老，而那个年轻先生却依然俊美年轻，一如当年。

"先生，吾……想找个地方安定下来了。"刘盈低头看着自己的双手，已经满是皱纹。他有些愧对先生，说好了这辈子的时间，都归对方所有。可刘盈却知道，随着自己的衰老，反而成了先生的拖累。

他知道先生在找着什么人，有时候在一个地方会停上几年，有时却会一直在路上。

如果没有他，说不定先生会活得更轻松。

"此乃汝之愿乎？"年轻的先生并不意外，脸上的神情依旧风轻云淡。

当年他求先生带着他离开皇宫，先生也是这样问他。

刘盈因为回忆而恍惚了片刻，随即斩钉截铁地点了点头。

他这么多年也有积蓄，找个地方养活自己安度晚年足矣。

"可有何未了之愿？"

刘盈沉默了半响，一字一顿地叹息道："倒还真有一个……"

不久，年轻的先生出现在了长安街头。

刘盈的愿望，竟是想把那个震仰盂送给下一任皇帝，希望他能珍惜亲情。纵使刘盈觉得他前半辈子是个悲剧，但依然忘不了他三岁那年，第一次拿到震仰盂时所喝的盂中清水，甘甜可口至极。

年轻的先生也不觉得刘盈的愿望过分，正好他也没有明确的目的地，便回到了长安。

明明是熟悉的城市，但街巷建筑却已经变得陌生了。这个城市从初建到颇具规模，再到经受战火洗礼，到现在的愈发繁荣，年轻的先生忍不住驻足街头，努力地分辨着多年前的痕迹。

"嚣，那人手中的漆盂好美。"一个娇俏的声音在不远处响起，声音的主人听起来应该不超过十岁。

"阿娇，你想要吗？我去问问他在哪里买的。"一个男孩儿的声音紧接着说道。

年轻的先生循声望去，正好看到一个五六岁的男孩儿从牛车上艰难地踩着仆从的后背走了下来，努力模仿着大人的步伐，不紧不慢地走到他面前，很有礼貌地问道："这位先生，请问这漆盂，是从何处买之？可否告知？"

年轻的先生看着那双清澈的眼瞳，忽然想起了五十多年前，在林间询问他的那个小男孩儿。

很像。

"汝乃刘嚣？"年轻的先生听到了方才牛车里的对话，想起刘盈的侄孙子里，有一个是叫这个名字。

"正是，吾乃胶东王刘嚣。"相比仆从变得警戒的表情，男孩儿却挺起小胸膛，觉得自己就应该被人熟知。

虽然现在的太子，是这位胶东王的兄长。但年轻的先生，还是把手中的震仰盂递了过去。

男孩儿并不知道这人要做什么，反射性地接过了这个漆盂。

年轻的先生低垂眼帘，无声地叹了口气。

"善待此物。"

男孩儿看着这个年轻人把漆盂送给了他，转身就走，愣了一下。他只是报了个名字，原来这么有用啊！

想起来阿娇还在牛车上看着，男孩儿连忙嘱咐仆从去拿一贯钱给对方。

只是一个漆盂，给一贯钱已经是足够了。

在捧着漆盂往回走，打算向阿娇邀功的时候，男孩儿忽然觉得手中有清水荡出。

他低头一看，发现这个精美的漆盂里，竟全是清水。

咦？他刚刚接过来的时候，有水吗？

"隽！汝真厉害！"牛车内，传来了阿娇赞叹的声音。

男孩儿转眼就把疑惑抛在了脑后，随手把漆盂中的清水倒在地上，递给仆从去清洗。

"阿娇，等下再看，吾让人去洗干净，莫脏了汝的衣裙。"

牛车继续往前行进，车轮轧过了被水泼过的泥土。

又过了没多久，清水蒸发在了空气之中，只留下一道车辙，了无痕迹。

五明扇

　　盛夏的南京酷热难当，徐皇后已经穿了最薄的纱衣，依然有些头晕目眩。

　　每当此时，她都会无比怀念过去还在北京顺天府时的日子，那里虽然冬天难过了些，但夏天比起南京来倒是凉爽太多了。

　　也许是与她的想法一样，皇帝去年下诏，开始营建北京的皇宫，并于今年开始伐木开采石料。

　　不过她觉得，她应该等不到北京皇宫建成的那一天了……

　　徐皇后在回到南京之前，并不知道自己身体有问题。想来之前在南方生活的时候年轻身体好，后来在北方天气适宜，现在年纪大了，身体娇惯，才越发承受不住。

　　她请御医也就是她表弟刘纯诊过脉，吃药也解决不了她的病症，上次请脉之时，刘纯对她说她胸部的乳岩之症越发严重。

　　那病灶多年前如大棋子，不痛不痒，数十年后方为疮陷，以其疮形嵌凹似岩穴也，是为乳岩之症。而拖延到现今，情况已经极其危急。

　　她倒是早就在身体日渐衰败的这几年中，逐渐接受了这个事实。她命令刘纯不要对皇帝言明，因为她知道皇帝日理万机，连睡觉的时间都极少。更何况就算皇帝知晓，也无能为力，又何必平添困扰呢？

　　还好这两年因为她年老色衰，皇帝并不与她同房，没有发现她身体的异样。她也故作大度，为他安排了几位妃子，王氏和吴氏都颇为受宠，想来就算她去了，皇帝也有人陪伴左右。

　　徐皇后坐在窗边，远远地眺望着北方。

五明扇

"皇后，今天皇帝歇在惠妃那里了。"旁边伺候的大宫女见徐皇后看向北方，还以为皇后盼望着皇帝驾临，连忙低声禀报道。她一直跟在徐皇后身边，自然知道自家主子的苦痛，话语里也不由得带上了几分不甘。

徐皇后倒是早就习惯了，自从她发现自己身体有恙之后，就拒绝了皇帝的近身。本来情投意合的夫妻，在近几年渐渐形同陌路。

不过，皇帝对待她的态度，确实很有问题。

上次见面，因为一件小事，甩袖而走。还曾经因为她说起儿子的事情，指责过她干涉立储之事。

开什么玩笑？皇帝现在三个成了年的儿子全部都出自她的肚子，不管谁当未来的皇帝，都是她的儿子坐上那龙椅。

只是高煦和高燧性格很差，完全没有太子高炽品性佳，难道儿子的错处，为娘的不能说两句吗？

徐皇后早就发现皇帝自从登基之后，已经与往日有所不同。

他拿着先皇的折扇不离手，整个人变得喜怒不定……

是了，每次他们言语不和，他都拿着那柄折扇……

"母后，今日可还好些？"太子朱高炽远远地走来，一进殿就关切地询问道。

自家的大儿子稳重沉静，天性纯明，知错就改，在徐皇后眼里是最适合不过的守成之君。大明两代皇帝都喜欢征战四方，朱高煦也是如此，若其继承皇位，则天下不得安宁。怎奈当年靖难之役，朱高煦跟随皇帝左右，屡建战功，皇帝认为此子最像自己，多有赞誉。在封藩之后，朱高煦更是不肯去西南就任，至今依旧在南京逗留。

迟早，会成为大明祸患。

只是，自己也看不到那一天了，也管不了了。

徐皇后和朱高炽闲聊了两句，因为身体抱恙，她的精神并不是很好。

朱高炽其实早就知道母后已经病入膏肓，他在察觉出异样之后，就逼问了给母后请脉的御医。虽然按照辈分，那刘纯还是他的表舅，但面对他自是不敢隐瞒。朱高炽多方查问，知道乳岩之症无药可医，只能含恨作罢。可怜他一国之太子，能做到的，也不过是多抽出时间来陪陪母后度过最后的时光。

想到这里，朱高炽就无法不对父皇产生怨恨。

只要再细心一些，肯定能发现母后的异样。

可是父皇，却完全不知情。

朱高炽知道母后不想让旁人知道她的病情，便也做出浑然不知的模样，但每次见母后都心如刀割。

"以往北平将校之妻为我负戈守城，我很遗憾没有机会随皇帝北巡，去对她们一一加以慰劳了。"也许是身体熬到了极限，徐皇后迷迷糊糊的，不知不觉就把心底所想的说了出来。

"母后说什么呢！儿子这就去对父皇说，等天气凉爽了就带母后去北巡。"朱高炽眼皮一跳，连忙道。

徐皇后虚弱地回以一笑。

朱棣在听闻皇后大行的时候，整个人都是蒙的。

地上跪着的刘纯正伏地汇报着皇后的病案，面对皇帝的震怒，他并没有太害怕。徐皇后留给皇帝的遗旨里，曾经提到过他，会保他一命。想来皇帝愧疚之下，再加上他是徐皇后表弟的身份，应该不会治他的隐瞒之罪。

况且，还有皇太子在。

朱棣跌坐在龙椅上，一时倒也没有想到要治御医的罪。他的心里，满是悔恨。

"殿内这么热，怎么不用冰？"

"冰块储存不易，还是节省点为好。"

……

"皇后今日为何看起来情绪不佳？"

"昨夜梦到我父，一夜未眠。"

……

"皇后吃得太少了，可是今日的菜色不合口味？这些都是皇后喜欢的菜式啊。"

"午后贪食，已经吃过糍粑了。"

……

朱棣盯着桌上的五明扇，努力遏制着想要撕碎它的举动。

当初那个程聪，把这柄五明扇给他，真是不安好心！

原来，皇后欺瞒他，都是在隐瞒自己的病症，没有其他意思！

原来，他竟是误解皇后多年，竟连最后一面都没有见到！

原来……原来说谎也不仅仅是为了欺骗……

明成祖朱棣自徐皇后崩后，再没有立过皇后。

十五年后，朱棣病逝，享年六十五岁。

同年十二月，朱棣与徐皇后合葬长陵。

免死牌

在萧府的大厅之上，供奉着一块珍贵的丹书铁契。

这块丹书铁契，是当今陛下在登基大典上，剖符作誓，赐臣子们丹书铁契，其中一半于金匮石室之中，藏之宗庙，而另一半则由被赐的臣子们捧回家供奉。

别人家的丹书铁契，都恨不得藏在最隐蔽的地方，生怕被人偷了去。

可是在萧家，就那么光明正大地放在了大厅主位后面的案几上供奉着，生怕别人不知道他们萧家有陛下庇护着。

萧禄最开始，也是这样认为的。

他的父亲萧何，是"开国第一侯"，可穿鞋佩剑上殿，是当今的相国。可谓是一人之下，万人之上。

如此恩宠，必须要昭示天下。照萧禄的想法，放在大厅里都嫌看到的人不够多，恨不得把那块丹书铁契挂在萧府的牌匾之上。

嗯，若不是怕被不长眼睛的人偷走了，他真的会这样建议父亲的。

萧禄每次经过大厅，看到那块丹书铁契时，都会感到无比的心安。他相信，父亲每次坐在主位上时，肯定也是如此。

靠山靠山，这就是强大的靠山啊！

萧禄一直是这样认为的，直到有一次，他发现父亲对着这块丹书铁契长吁短叹，眼中的忧虑犹若实质。

"父亲……"萧禄疑惑地开了口，却又不知道该如何询问。

只有真正的痴儿，才会认为这块免死牌是可以免死的靠山。

这，分明是一块催命牌。

萧何每天坐在这里，都如芒在背。

他长叹一声，为长子的迟钝而叹息。

不过他转念一想，这样未尝不是萧禄的福气。

现在早已不是战乱末世，没有能力的人，说不定反而能活得更长久。

罢了，如果跟他解释得太清楚，反而着了痕迹，还不如什么都不说。

想必，就算是陛下，也能容得下这样愚笨的臣子吧……

"记得，以后要好好保存着这块丹书铁契……"最终，萧何憋了半天，也就只能讲出这样一句。

"是的，父亲。"萧禄立刻应道。

开玩笑，就算父亲不嘱咐，他也会好好保存的。

这可是免死牌啊！

免死牌

青镇圭

"皇兄，那是什么啊？"胡亥指着桌案上的一个锦盒，天真无邪地问道。

扶苏顺着自家小弟胖胖的手指头看去，微笑着回答道："那是青镇圭。"

"龟？长得也不像啊！"胡亥收回手指头，忍不住一边用牙啃着大拇指，一边诧异地问道。

扶苏伸手阻止自家小弟的不良习惯，耐心地普及知识道："以青圭礼东方。以玉作六瑞，以等邦国。王执镇圭。镇，安也，所以安四方。这是青色的镇圭，是一种很珍贵的礼器。"

才六岁的胡亥根本听不懂这些文绉绉的词语，但他能听得出来，这是个很珍贵的东西。

"皇兄，我想要！"胡亥很自然地说出了自己的要求。因为在他有限的记忆中，还从没有过什么东西，是他想要而要不到的。

扶苏脸上的笑容瞬间僵硬。

这块青镇圭，是周朝天子代代相传的青镇圭，是父皇赐予他的，甚至因为这个举动，暗示了他是下一任秦王的继承人。

此时小弟毫无顾忌地索取，是知道这青镇圭的意义，还是……无心之举？抑或是什么人……教唆他如此？

若是不给小弟玩耍，说不定事情会闹大，万一闹到父皇那里就太难看了。

但若是给小弟玩耍，运气好的话，小弟一会儿或者几天之内就会忘在脑后，运气不好的话，也许当场就会被他失手砸碎。若是传到父皇耳内，恐怕也会怀疑他的能力，毕竟这块青镇圭的象征意义不容忽视。

扶苏脑海里转了这么多弯弯绕绕，其实也不过就是一瞬间的事情。

当他决定好好与胡亥讲道理，拒绝他要拿青镇圭去玩的时候，他的小侍读端着一盘瓜果，笑着走了进来。

胡亥立刻就忘记了什么青镇圭，迈着小短腿奔了过去，挑了一个最大最甜的桃子啃了起来。

扶苏暗中松了口气，用眼神赞美着自家小侍读，并且挥手让内侍顾存赶紧把青镇圭拿了下去。

小侍读还准备充分，在胡亥啃桃子的时间内，找到了一块形状大小差不多的镇圭，放在了桌案上。

"记得提醒我，以后不要在房间里放贵重的东西。"扶苏暗自懊恼。

小侍读点头应允，欲言又止。

其实，他最想提醒的，是让大公子少带小公子来此处玩。

但他也知道，这种话说出来也是没有什么用的。

他也无从解释，为何如此敌视这看似无害的小公子。

也许，都是他多虑了吧……

乌金鼎

清晨的古玩市场，热闹非凡。街道两旁都是一个接一个摆地摊的，上面的古玩琳琅满目，让人眼花缭乱。摊位上的讨价还价声，此起彼伏。

馆长拄着拐杖，一步步地向前晃着，目光在每个摊位的东西上扫过，神情有些漫不经心。

捡漏什么的，已经随着社会的发展，变得日趋艰难，甚至已经变为了传说。摆摊的这些小商小贩们，除了有个别几个人是真的在做古玩生意，其余大部分都是赝品或者不值钱的小玩意儿。

例如那摊位上的"明代"犀角杯，明明之前在其他摊位上看到过一模一样的，连作伪的伤痕处都毫无差别。还有那一刀平五千的金错刀，连"五"字都写错了啊！这造假也要有点职业道德好嘛！造得这么假也好意思拿出来卖？

唉，还真别说，居然还真有人买。

卖的糊涂，买的更糊涂。

馆长前两年的时候，看不过去还会上前劝两句，但买的那人却不领情，回他说就是知道是假的才买，买回去当新家摆设，看着好看就行。若是真古董，买不起是一方面，也不敢随便摆在家里啊！谁知道那真古董沾着什么不干净的邪气，有什么深奥的讲究，万一成了坏事可怎么办？

馆长一听还真觉得在理，原来这买卖仿品也是一门逐渐壮大的生意，也怪不得这古玩市场即使没有真古董流通，也依然能开得下去。

所以馆长也早就熄了在这古玩市场里还能捡到漏的念头，每逢大清早，要是起得来的话，便拄着拐杖来这里遛遛腿，权当早起锻炼了。有时候看到有趣的玩意儿，不管真假，馆长都会掏钱买下来，当个乐和。

这古玩市场里，也就只有那些卖古董手表、照相机、纪念章、硬币、邮票、小人书等等近代古董的摊位，还有真货在。只是现在玩这些的人太少，来这里摆摊子的也多是为了结交志同道合的收藏者。馆长虽然不迷这些，但因为多是他年轻时看到过用过的东西，每次都忍不住缓下脚步多看看。

咦？今天卖绝版人民币的老刘怎么没出摊？换了个年轻人在卖古董？

古玩市场也是讲究分类分区域的，像这样卖近代收藏的区域里，突兀地多了一个卖古董的，就很奇怪。馆长不由自主地就多看了两眼。

而就这多看了两眼，馆长就再也移不开目光。

这年轻人的摊位连一块布都没有，只有一尊巴掌大的小鼎摆在他面前。

这小鼎的颜色很奇怪，漆黑漆黑的，不似铜器，里面应该掺杂了其他金属。上面没有任何铜锈，器型和纹饰也都很古怪，馆长在自己脑海中，竟一时没找到类似的参照物。

馆长摸过许多古董，也摸过许多赝品。就像是经常摸钞票的小商小贩，摸到假币的时候会察觉到手感不同一样，馆长在摸古董的时候，第一感觉也很重要。

他居然无法判断，这尊小鼎，是不是赝品。

这已经算是很古怪的一件事了。

馆长已经决定，不管这尊小鼎多少钱，他都要买下来。

"小兄弟，这尊鼎，多少钱啊？"馆长也不含糊，直接开口问价。

旁边的摊主见状，都有些诧异。这年轻人才刚刚坐下来，他都没注意到他是在摆摊。

这年轻人穿着连帽衫，脸都被罩在了连衣帽里，只能看得到他眼睛以下的半边脸很苍白。

"不卖钱，换东西。"他的声音听起来，也很年轻。

"换什么东西？"馆长来了兴趣。

"……就你兜里的那支毛笔吧。"这年轻人看似随意地说道。

馆长一低头，发现因为蹲下身，插在裤兜里的那管毛笔露了出来。

这是一支白杆毛笔，正好他想起来孙子昨晚吃饭的时候嚷嚷着学校要教书法，要买毛笔，在前面摊位上看到就顺手买了。

不贵，也就十块钱。

那摊主还想忽悠他，说是什么象牙笔杆，要一千块。

骗傻子咧！象牙可是国家禁止交易的违禁物品！再说象牙怎么可能这么白？白得跟塑料似的。

最后那摊主被他喷得败下阵来，十块钱卖给了他一支。

馆长还特意挑了那堆毛笔里面，白色笔头的那一支。看起来格外好看。

"用这支笔换？"馆长更确定这尊鼎一定有问题了，假货都不可能回得了本钱好么？

一定是有什么古怪，才让这年轻人想要立刻脱手。

而馆长最不怕古怪了，再古怪，能有之前的越王剑古怪吗？

再说，他搞不定，还有哑舍的老板在呢！

若是换了从前，馆长说不定还要犹豫再三。

但自从重新遇到哑舍老板之后，馆长觉得底气足了许多。

生怕年轻人反悔似的，馆长立刻掏出那支白色的毛笔，换了那尊黑色小鼎。

啧，今天运气不错，赶紧回实验室做个检测。

他有预感，他可能捡到漏了。

织成裙

李裹儿站在能映照出整个人像的巨大铜镜前，面无表情地看着她身上的织成裙。

这条华丽精美的裙子，裙面以百鸟的羽毛织成，随着她呼吸频率的微小起伏而产生色彩的变化，裙上呈现出百鸟的形态，甚至因为这种变化像是被赋予了生命，栩栩如生，真可谓巧夺天工。

她的身边足有五名侍女，在小心翼翼地帮她穿着这条织成裙，生怕一个不小心，就弄坏了这条价值连城的瑰宝。

裙子穿好之后，侍女们退后一步，李裹儿在铜镜前缓缓地转了个圈。织成裙上的百鸟展翅欲飞，美轮美奂。

"盈儿，这裙子好看吗？"

被李裹儿点名的，是一名叫徐盈儿的女官。其他侍女们纷纷隐秘地投过去羡慕嫉妒恨的目光，但谁也不敢在私下做什么。虽然这位徐盈儿只是尚服局一个从六品的司衣，但她之前一直是女皇身前的人。女皇驾崩后，李裹儿便把徐盈儿要了过来。

"回公主，婢子词穷，不知该如何形容眼前美景。"徐盈儿躬身回答道，"也只有公主，才能配得上这条织成裙。"

镜子里李裹儿的唇角向上，弯成了一个嘲讽的弧度。

徐盈儿能说什么，她基本上都猜得到。或者说这世上大部分人想要说什么，她也都能推断得出来。

徐盈儿谨言慎行，自然不会说出什么出格的话，否则也不会安然在她那位皇祖母身边待那么久。而她若是问身边的其他女官，恐怕那赞扬的词都能满溢而出，让她们说到明天早上都说不完。

赞美的词听得多了，也会感到厌烦。

就像是华美的衣服穿得多了，也就不会觉得有多惊艳。

"没错，我也就只能配得上这样华而不实的衣裙。而皇祖母，却配得上那身龙袍。"李裹儿半是自嘲半是抱怨地说道。

徐盈儿立刻双膝跪地，把头深深地埋了下去。其他女官却不以为然，见李裹儿并没有生气，便大着胆子七嘴八舌地说什么"公主也适合那龙袍，一定比这织成裙更适合"之类的话。

在场的都是李裹儿的近侍，自然都知道自家公主渴望的，是效仿她的皇祖母则天皇帝，坐在那张龙椅之上。

李裹儿听着侍女们的议论，看着铜镜中的自己，却觉得这个艳丽的女人有些陌生。

"够了，你们都退下吧。"李裹儿淡淡地吩咐道。

大殿内立刻就变得寂静无声，侍女们行完礼后，倒退着轻手轻脚地离开了。

跪在地上的徐盈儿迟疑了片刻，见安乐公主并没有对她说什么，便也磕了一个头默然起身离去。

在她快要走到殿外时，终于忍不住抬起头往殿内看去。正好看到李裹儿随意地脱下身上的织成裙，毫不珍惜地随手扔在了地上，而只穿着一身薄薄的中衣，朝寝殿深处走去。

"公主一定又去看那两条裙子了。"旁边也看到这一幕的侍女悄悄地议论着。

"我见过的，公主一直把那两条裙子挂在寝殿的衣橱里。据说那两条裙子，是懿德太子给公主和永泰公主买的。"

"啊……公主每次去看那两条裙子都会哭很久，心情也会不好，大家都精神着点。"

……

徐盈儿留在殿门前值守，再也听不清楚那些侍女们议论的声音了。

她幽幽地叹了口气。

原来，即使再华贵的裙子穿在身上，也会有人不开心的。

织成裙

玉翁仲

它躺在废墟之中，不知道睡了多久。

它已经伤痕累累，裂纹处处，暗红色的血沁沿着裂纹处蔓延，就像是沾满了鲜血。

它很累了，累到已经没有能力再去保护任何人。它也很痛，痛到什么都不想说，只想静静地躺在这里，等待着什么时候精魄散去，彻底离开这个令人厌恶和失望的世界。

无穷无尽的邪气和煞气包围着它，时时刻刻在试探着，想要在它放弃这副残躯的时候，占领它的身体。

应该快了。

如果精魄烟消云散，是不是就不会再感到痛苦？

它什么时候才能解脱呢……

"呜……呜……这是哪里啊？有谁在吗？不要丢下我一个人啊……"

云象冢一向都很安静，毕竟这里是个坟冢，就算还有许多苟延残喘的古董存在，也大多心如死灰，极少说话。它最满意的，就是这里像死一般的沉寂。

"呜……呜……有谁在吗？"

可是这一阵阵的哭声，吵得玉翁仲心烦意乱。

"呜……呜……"

总有其他还活着的古董会搭理这个小家伙的吧？

这样想着，它强迫自己重新平静下来。

它现在只想睡觉，不想再看这个无理取闹的世界一眼！

隐隐约约的哭声一直响了整个晚上，玉翁仲发誓，若不是没办法挪动自己的身体，它肯定会找到那个爱哭的家伙，一脚把它踹下山。

"别哭了！有什么好哭的！"玉翁仲粗声粗气地喝道。

"……呜……这里是什么地方啊……"那个声音被吓得一愣，好久才缓过神来。

"……是我们的坟墓。"玉翁仲沉声说道。

"坟墓？可是我……我还没死啊？你……你也没死啊！"那个声音震惊得都有些结巴。

"我还没死，但我已经等于死了。"玉翁仲说了句颇有哲理的话。

对方显然也被它这句有哲理的话给震撼住了，好半晌都没说话。

玉翁仲正想重新睡觉，就听到那个声音怯怯地开了口。

"那你到底死了还是没死？"

玉翁仲气得差点碎裂。

"喂？喂？怎么不理我了啊？告诉我要怎么离开这里啊！我是被一只乌鸦叼过来的啊！"

"呜……这里是坟墓吗？只有我们两个还活着吗？呜……我还不想死啊……"

玉翁仲真是唾弃起自己残存的那点同情心，要是它最开始装作没听见，这小家伙估计再哭一天也就死心了，哪里还有这种烦恼？

被吵得实在没法睡觉了，玉翁仲只好妥协地陪这位误入云象冢的小家伙聊天。小家伙好奇心极其旺盛，几下就套出了玉翁仲的过去。

"你真的很傻耶！你曾经的那些主人都认为你是邪物，你还尽职尽责地保护着他们。要是我……哼！"

"那我不就真的成了邪物吗？"出乎玉翁仲的意料，它说起自己的过去，一点都没有不甘心和怨恨，平淡得简直就像是在说其他人的事情。

小家伙沉默了半晌，终于叹了口气，缓缓道："你说的对。"

玉翁仲感觉刺痛的身体慢慢地轻快起来，电光火石中，它像是想明白了什么，长叹了一声，吐出两个字。

"谢谢。"

说完这句后，一缕微微的光晕从它的残躯中一闪而过，最终归于死寂。它的身体再也没有任何莹润之感，像是随便碰一下都会碎裂成千百块。

本应该哭闹的那个声音，此时却平静地轻叹一声，淡淡道："好好安息吧。"

玉翁仲旁边的土堆无风自动，慢慢地出现了一个浅坑，把它埋在了土堆之下。

一阵风吹过，云象冢又恢复了往日的死寂。

玉翁仲

天如意

应天府上下所有的庙宇和道观，都在鸣响着丧钟。

大明朝的开国皇帝，已经驾崩了。

仁德的皇太孙继位，所有人都无法掩饰地松了口气，但又隐隐地有些不安。

皇太孙实在是太年轻了，还有二十多个年轻力壮的叔叔，都在对他坐着的龙椅虎视眈眈。

不过政权更迭之际，所有人都是缄默不言，生怕惹是生非。

当街道上有一个锦衣卫出现时，大家都低下了头，生怕多看一眼，就被这位看起来心情很糟糕的阎王爷迁怒了去。

李定远失魂落魄地走着，腰间的伤口还在刺痛，但关心他、能为他包扎伤口的人，却已经不在这个世上了。

他的如意，怎么可能只是一柄玉如意？

然而接连不断的事实，却让他不得不信。

那个在锦衣卫的飞鱼服下还敢穿赤龙服的男子，甚至把身上的飞鱼服借给了他，不知道用了什么方法，竟然让他无声无息地进了皇宫。

他在很小的时候，也是见过朱元璋几次的。爷爷对他的宠爱极盛，不是正式场合下的进宫都会带着他。他当时也没有想到过，那位看起来就像是普通邻家老爷爷一样的皇帝，其实心狠手辣，翻脸无情。

他本来打算利用这次进宫的机会，刺杀朱元璋，报灭门之仇。

结果亲眼看到的，是那位老了许多的皇帝，吐出了最后一口气。

虽然没有亲手杀死朱元璋，但冤有头债有主，他总不可能真的失去理智，把姓朱的也屠个满门。

　　那么……他活在这个世上，还有什么意义呢？

　　如意……如意是不是在骗他？等他回到家，就会跳出来笑他居然相信了？

　　越往回走，心情就越忐忑。明明心里拼了命地想要快点回到家，但双脚就像是灌了铅一般，一步一步在地上挪动着。

　　也许，是心底里已经有了预感。

　　如意，再也回不来了。

　　李定远跪在空荡荡的院子门口，失声痛哭。

　　"我……我想知道如意在哪里……"

　　"知道又能怎样？它已经自断其身。"

　　"我想要陪着她，用我的余生。"

　　"……它安眠的地方，叫云象冢。"

　　"请先生指点。"

　　"啧，也罢，那边现在还缺个看门人……"

无背钱

魏氏抚着微凸的肚子，坐在那里侧耳倾听着外间的谈话声。

　　她的丈夫狄青是闻名遐迩的武将，屡建战功。但宋朝重文轻武，武将尤其是战功赫赫的武将，活得更是小心翼翼，郁郁不得志。生怕说错了一句活，或者做错了一件事，就被那些谏官们写奏折弹劾。

　　有时候想想还真是可笑，刀山血海用命拼杀出来的累累战功，竟然都比不过那些文官们轻飘飘的几句话。

　　当狄青送完客人回到内间的时候，就看到自己妻子正抚着肚子，一脸的忧虑不安。

　　"怎么？是身体不舒服吗？"狄青连忙上前几步扶住魏氏。

　　"无事，庸人自扰矣。"魏氏展颜一笑。

　　心中有愧的狄青看着妻子的笑容，总觉得她意有所指，立刻主动认错道："夫人，那无背钱可挡灾的言论，不可信啊……"

　　魏氏一怔，随即不满道："最后一枚也送出去了？你也真是大方……"

　　狄青赔笑着倒水切点心。

　　皇祐年间，狄青领军平两广叛乱，因形势不好，他便在一座庙前向佛祖起誓，以一百枚钱币掷地，若全为面朝上，背朝下，则必能保佑全军大胜。他走出庙门后，当众一挥手，百钱应声而落，居然真的是所有钱币全部正面朝上，众皆哗然。狄青命左右取来一百枚铁钉，将百枚铜钱随地钉牢，宣布待凯旋，自当取钱谢神，重修庙宇，再塑金身。于是全军士气高昂，大败叛军。凯旋之后，众人再看这百枚铜钱，原来都是有面无背的双面钱。

　　而这些无背钱，被一些士兵们当时就作为纪念品拿走收藏了。后来不知为何，故事传得越来越玄乎，说什么无背钱可以护身驱邪挡煞，甚至还可以救人一命。

狄青解释了几次无果后，只能捏着鼻子认了，他也知道士兵们上战场承受的压力巨大，有个精神寄托也是好的。他手里还留有的无背钱也被同僚们用各种理由索要了去，今天这最后一枚，也终于没有保留得住。

"都送出去好，轻松了，让我再拿也拿不出来了。"狄青被无背钱困扰多时，此刻真所谓无钱一身轻，脸上的表情都惬意起来。

魏氏板着脸，盯着他看了半晌，终于无奈地叹了口气。她的夫君被人称之为"面涅将军"，即使面有戴罪的刺青，也依旧丰神俊朗，俊秀无匹。对着这样一张面容，她就算想发脾气也都舍不得。

不过，魏氏还是忍不住唠叨了两句道："你自己不留一枚也就罢了，难道还不给孩子留着吗？"

狄青闻言笑道："且不说这无背钱是否真能买命避灾，我们的谘儿不是遵夫人的旨意，学四书五经，一心向文了吗？那无背钱还有何用？"

在大宋朝，文官相当于是有免死金牌的，犯了错顶多也就是发配边疆，所以狄青才如此说。

魏氏捏紧了帕子，下意识地反驳道："我这肚子里不是还有一个吗？"

"哈哈！夫人可是松了口？下一个儿子让他习武？继承我的衣钵？"狄青拊掌大笑。

魏氏无言以对，只能狠狠地瞪了自家夫君一眼。

狄青蹲下身，温柔地摸了摸魏氏微凸的小腹："我狄家儿郎，要自强自立，用不上无背钱这种取巧的器物。"

魏氏又叹了口气，知道自己真是多此一举。夫君已经把最后一枚无背钱送了人，她就算再不开心，还能追着那人要回来不成？

"人喜则斯陶，陶斯咏。"魏氏轻声呢喃着，"我只希望我儿能够平安喜乐。"

"如果这一胎还是个男孩儿，那就叫狄咏吧。"

司南杓

孙朔在收拾仓库的时候，发现了一件很是眼熟的物事。

也许真的是时间太久远了，他盯着那块方正的木板，在回忆中搜寻着。

这个……好像是叫司南杓……

当年，小公子有段时间还特别喜欢把玩来着。

这司南杓的功用……应该是能指向帝君的方位。

这也是当年小公子喜欢它的缘由，用这司南杓，便能得知始皇帝的位置，实在是再方便不过了。

孙朔迟疑了片刻，走上前，发现司南杓上面的木勺并没有在刻满方位的木板之上。

而这块木板上也只是积了一层薄薄的灰尘，与其他叠满蜘蛛网的物件形成了鲜明的对比。

这是……赵高主人最近才拿回来的东西？

虽然必须认赵高为主人，但孙朔的内心依旧是向着小公子的。

只是今日看到了这久违的司南杓，孙朔忍不住唏嘘。

其实当年，小公子应该早就想要杀掉他了。

就是因为他知道这个司南杓能指向始皇帝的方位。

人心难测，小公子会把危险掐灭在怀疑阶段，这也是赵高给小公子上的一堂课。

孙朔盯着司南杓看了半晌，之后又在墙角处发现了那本应该跟木板放在一起的木勺。

　　这司南杓的功用……是能指向帝君的方位。

　　他把那木勺捡了起来，擦干净，又迟疑了许久。

　　最终，还是把木勺放回了墙角处。

　　作为一个合格的下人，在适当的时候，要把自己当成瞎子、聋子、哑巴，是不能拥有任何好奇心的。

犀角印

燕丹捂着左肩，咬着牙撕下中衣的布条，艰难地把伤口绑上。

是他太大意了，上将军府邸看起来守卫松散，但实际外松内紧，他真是运气好才能逃得出来，否则今晚就要交代在那里了。

他死了不要紧，但若是因为自己的身份，连累到姬青就糟糕了。

燕丹也不确定身后有没有人跟踪。毕竟从上将军府逃出来的过程，实在是顺利得让他不得不怀疑。

所以燕丹并没有第一时间回质子府，而是绕了个弯，在咸阳城的街巷中穿梭。他小心地避开巡夜的士兵们，又花费了许久时间，才翻墙跳入一间不起眼的小院。

狡兔尚且三窟，他又有父王暗中提供资金，所以类似这样的密所，他还有好几处。

深夜也不敢点灯，燕丹借着月光把伤口处理好，至少他换了身衣服，束好发，完全看不出来刚经过一场恶斗。

洗去脸上用作伪装的墨汁，燕丹扫了眼铜镜中那个已经变得有些陌生的自己，来不及细看，便调好草药汁涂在脸上，让皮肤变得枯黄干燥。

他早已习惯如此，慢慢地改变着自己的容貌，务必让自己和姬青变得毫不相同。

等他放下陶碗的时候，铜镜里出现的，是一张不起眼的黄瘦脸庞。

任谁看了，都不能相信这就是燕国的太子丹。

燕丹静静地看了铜镜半晌，从墙角的砖缝之中，掏出一枚古铜色的犀角印。

为了不暴露身份，他在出行的时候，都不能随身携带这枚犀角印。

他用手摩挲着那上面弯弯曲曲的印鉴纹路，一遍一遍地对自己说。

他是燕太子丹，他必须要为自己的国家和百姓负责……

清晨的咸阳朝气蓬勃，天刚蒙蒙亮，街市上的吃食摊子就都一个个地起来忙碌了。

燕丹踏着第一缕阳光走进林记粥铺，迎着小老板娘的笑容，在角落里的老地方坐下。

这家林记粥铺小老板娘的父亲是秦国的士兵，而母亲是燕国女子。她的母亲早亡而父亲依旧在服兵役，所以便依仗着学自母亲的手艺，开了家粥铺。因为只有贵族才能有姓有氏，所以像她这样没有夫家的平民女子只能承袭父亲的姓，旁人都称她为林女。

林女相貌姣好，性格温婉，再加上做的甘豆羹纯甘香甜，在这条街市上颇受欢迎。时间这么早，铺子里的位置就已经坐得七七八八了。

燕丹每次来点的都一样，所以尽管他没有出声点单，在他没坐下来多久，一碗热气腾腾的甘豆羹就放在了他的面前。

"多谢。"迎着林女明媚的笑容，燕丹想起自己如今平凡的面容，不禁有些自惭形秽地低下了头。

带有燕地味道的甘豆羹，燕丹是怎么吃都不腻的。再加上他从昨晚就没怎么好好吃饭，又度过了惊魂一夜，这碗甘豆羹吃得格外香甜。

"还要带走一碗吗？"见燕丹吃得差不多了，林女过来给他倒了杯水，浅笑着问道。

因为这家甘豆羹做得十分地道，燕丹在第一次吃到的时候，就给姬青带了一碗。只是姬青看起来完全不想搭理他，甘豆羹一口未动。

也许是他太过于天真，妄想着如此状况，还能和姬青修复兄弟感情。

燕丹叹了口气，从怀里掏出了一份甘豆羹的铜板。

"今天……就暂时不带了吧。"

菩提子

医生被派去南京交换实习一周，最后一天是自由活动。他刚打算做做功课，看看去南京哪个景点玩的时候，房间的门就被人敲响了。

"咦？老板？你怎么来了？"医生眨了眨眼，确定门外站着的人不是自己的幻觉后，意外不已。走之前他记得跟老板打过招呼，但却没想到对方能来南京找他。

"来南京看个老朋友，想起你也在。"老板淡淡地解释道，"在外面碰到了你的同事们，说今天休息，你没出去跟他们逛逛吗？"

"他们是要去玄武湖旁边溜达，我上次来去过了。"医生抓了抓头，"老板你有什么好的建议？"

"如果你没什么事的话，可以陪我去扫个墓。"老板的眼神，柔和了少许。

"扫墓？是国父孙中山？还是住在明孝陵的朱元璋啊？"

"准确地说，是你的前世之一。"

"……又有故事可以听了，走。"

两人坐车到了中山门下，一路沿着梅花谷路往钟山深处前行。

医生听着老板的讲述，仿佛回到了那个战火纷飞的年代，一时唏嘘不已。

老板见医生一副欲言又止的模样，便低垂眼帘，缓缓问道："是不是想问我，在那样的年代，明明有能力，为何不去保护古董？"

医生连连摆手，叹息道："我怎么会问老板这种问题呢？老板你是人，又不是神。虽然比别人活得时间多了许多，但能做到的事情依旧有限。"

老板闻言一怔，他已很久很久都没有听过这样的话语了。每个阴差阳错知道他秘密的普通人，都以为他无所不知，认为他无所不能。

"况且人终将一死，物件也会有消亡的一天，一切都是上天注定。我们所做的，不过是尽人事，听天命。"医生已经见惯了生死，与很多病人家属打过交道。医生这个职业并不是神，不可能把每个病患都从死亡线上拉回来，所以更能体会到那种无力感，又怎么可能会问老板这种问题。

老板微微勾起了唇角。

"我想说的是，老板啊，这再往前走都没路了，你确定还记得是哪里吗？这一晃都好多年了……"医生深一脚浅一脚的，时不时还要扶着树干，防止自己摔倒。

"当然记得。"老板虽然继续前行着，但明显为了照顾医生，稍稍放慢了脚步。

最后，医生在一片林子里，看到了一棵亭亭如盖的菩提树。

"苏尧就葬在这树下。"老板从衣兜里掏出来一个小锦盒，"本来这颗金刚菩提子，我是放在普陀寺供奉的。但它的心愿，还是想和苏尧在一起。"

"……老板，你不会是要说，在树下挖个洞吧？我们也没带铁锹来啊！"

"哦，前些年我来看苏尧的时候，曾经留在这里一把。木柄应该还不至于腐烂，喏，在这里。"

"……我算是知道今天为啥非要带我来了，故事不是白听的啊！"

老板微笑。

反正只是挖个小坑，把巴掌大的小锦盒埋掉，医生也就没多说什么，找到铁锹之后就开始干活。

"对了老板，你说医院派我来南京也就算了，居然下个月还要派我去埃及……那可是埃及啊……"

"埃及……么……"

獬豸冠

汤远正在琢磨着晚上叫什么外卖，就听到了门响，医生大叔推门而入。

"不是说今天有手术的吗？这么快就下班了？"汤远看了眼外面的天色，太阳才刚刚落山。

"病人的病情有变化，手术推迟了。"医生说得很自然，毕竟这种事时常发生，也许因为病情的恶化，计划中的手术永远都做不成了。

"哦。"汤远也很平淡地应了一声，随即看着医生站在玄关那里不动，便疑惑地问道，"大叔，你怎么不关门啊？"

医生的神情变得古怪起来："你……看不到？"

"看不到什么？"汤远背后一凉，勉强笑道，"大叔，不要逗我玩了，这种把戏现在已经过时了哦！"

医生沉默了片刻，仿佛是在确认汤远说的看不到是真是假，之后才点了点头，若无其事地说道："嗯，居然没骗到你。"

看着医生把门关上，汤远松了口气，连忙转移话题："晚上我们吃什么啊？大叔。"

"随便吧。"

"不能随便啊！吃什么怎么能随便呢？不能这么没追求啊大叔！"

"唔，话说，你有没有见过一种动物，身体长得像小羊，脑袋像麒麟，额头上还长着一只独角。"

"身从羊，头从麒麟，额上生独角……那是獬豸？"

"哦？那就是你见过了？"

"那是传说中的神兽啦！我怎么可能见过？当然不知道好吃不好吃。"

"……"

"咦？大叔你问这个做什么？"

"……没什么，我们晚上吃点素吧。"

"不要啊！说好了无肉不欢的呢！"

医院上下都被恐慌和愤怒所笼罩着，竟然有家属因为患者病情恶化来不及手术，而刺伤主任医师，并且在刺中对方十几刀之后，当场自杀。

淳戈知道这消息后，都快疯了。因为被刺伤的是他们科室的主任，而原定那场手术的第一助手是他的好朋友。跑了一趟手术室发现几乎全医院有空的医生都在第一手术室抢救他们主任，在最外围看了许久，终于看到主任被救回来了之后，才发现他的好友并不在这里。

不在这里？那是不是也受伤了？

刚松了口气的淳戈，又把心提了起来，电话也打不通，问了好多人之后，才知道医生竟然在隔壁的手术室，正在抢救那个自杀的凶手！

淳戈拿起口罩挡在嘴边，刷卡进了手术室，低喝道："你疯了！为什么要救这种人？"

医生根本没时间也没精力与他解释。这人自杀的时候刺破了心脏，但因为自杀的意愿不够坚决，利刃刺穿心脏的伤口并不深，又因为出事地点就在医院，抢救及时，所以还有一线生机。

只是右心室被刺破，导致流动性出血，心包内大量积血，给手术增加了很大难度。又因为手术不是提前安排好的，输血和输液都需要时间调配，再加上抢救的是袭击刺伤主任的凶手，医生仓促之间都找不到协助者。幸好叶浅浅被他拉来，一脸不情愿地在旁边帮忙做助手。

而淳戈闯进来的时候，医生正好刚刚缝合好破裂的伤口，正在仔细观察心脏的情况。

"还有轻微漏血，继续二次缝合加密。"医生当机立断地下了决定。

淳戈见劝说无效，也做不到真的冲过去把医生从手术台前拽开，只能恨恨地一捶墙，转身离去。

这个手术一直做了很久，重新缝合了三次。

医生累得瘫坐在休息室里，吃了块巧克力补充体力，缓了一会儿才有体力，打算去病房看主任。

按理说他不应该做这一个手术就累成这样，连叶浅浅那个妹子都只是面有疲态。原因是他最近都没怎么睡好，尤其身边无时无刻不存在一个古怪的神兽，还只有他能看见。

若不是他神经强悍，早就精神崩溃了。

"啧，还是觉得你眼熟，到底在哪里见过你呢？"那头应该是獬豸的神兽，在沙发上打了个滚，四蹄朝天地喃喃自语着。

医生发誓，在他的记忆里，还真没有过这种神兽的出现。这年头，神兽也学会这么老套的搭讪方法了吗？

"不过，能看到本尊的人，都是至善之人。"獬豸又打了个滚，伸了个懒腰，一双铜铃大的眼睛目光灼灼地盯着医生，"你的善，是谁都要救吗？即使是刺伤别人的凶手？"

医生撕了个棒棒糖塞进嘴里，冷哼了一声道："去他的善！我救了那家伙，是为了让他为自己的所作所为负责！以为可以一死了之？开什么玩笑！"

他说罢，就懒得再理这只神兽，转身出门。若是让人在医院看到他对着空气自言自语，恐怕会被拽到心理科做治疗去了。

獬豸闻言一怔，随即重新趴回到沙发上。

"啧，确实是个有趣的人呢……到底在哪里见过呢……"

屈卢矛

我是这世上，最锋锐的一柄战矛。

无坚不摧，可以刺穿任何阻挡在我面前的事物。

可是，却没有一个士兵在使用我的时候，达到过武力的巅峰。

不是因为我不够锋锐，而是因为他们的心不够坚定。

即使我再无坚不摧，也需要有人毫不犹豫地握紧我向前，而不是怯懦地后退。

直到，遇到了我今生唯一承认的主人。

其实在很长一段时间里，我都无法接受，我的这一任主人是个女人。

有没有搞错啊？明明一开始买走我的，是个英勇无双的将军来着。怎么一转眼，就把我送给他夫人了？就因为他夫人多看了我一眼？

那还真是……长得帅是我的错啊……

女人，不是应该待在家里刺绣织布、养儿育女吗？怎么我的这个主人，每天闻鸡起舞地练武、看兵书？她相公还很支持，有时候还一起过招，一起在沙盘上排兵布阵？

这种情况，好像不太对啊……

我能看得出来，他们夫妻非常恩爱。

丈夫纵容着妻子的一举一动，甚至不惜背上惧内的名声。

妻子无怨无悔地跟着丈夫过着艰苦的随军生活，帮他照顾着还年幼的弟弟妹妹。

如果他们有了孩子，那该是令人艳羡的一对儿。

没错，这世间评价夫妻的准则，就是这样苛刻。

直到那一战的到来。
她即使知道此去，有可能会失去孩子。
但在丈夫面临危险的时刻，她依旧义无反顾地握紧了我，换上戎装，上了战场。

多年之后，她依旧未育。
相濡以沫的夫君却偷偷纳了妾，她愤而和离。

我曾经问过她，是否后悔那一战上了战场。
她只是回以一笑，即使眼尾已有了皱纹，依旧明艳灿烂。

她，是我今生唯一承认的主人。
也是，我的，最后一任主人。

双跳脱

"下面进行关于新出土文物的讨论，第一件，编号为 R091752366 的一对镂空连理枝玉镯。

　　"虽然手镯内侧有清晰可见的子冈款，但鉴于陆子冈的玉器仿造者甚多，不排除这是一对仿子冈款的玉镯。

　　"根据微观观测分析法，在高清晰数码观测显微镜下，将本对玉镯和明朝中后期的玉件标本比对，两者的质地、微观形貌、加工痕迹和使用痕迹均有相似。再观沁色和包浆，可以初步判断这对玉镯雕琢的年代应在十五世纪下半叶，即明朝的嘉靖和万历年间，与陆子冈的成名时期相符合。

　　"《太仓州志》上称'子冈死，技艺不传'，也没有任何记载表明陆子冈有儿子或者徒弟继承了他的琢玉技艺，所以也就排除了是传人所琢。而陆子冈的琢玉技艺和意境，远超于同期的玉匠，所以也排除了是同期他人所仿。

　　"玉料方面，陆子冈琢玉所用玉料几乎都是新疆和田玉之中的山料，青玉居多。而这对手镯却是少见的籽料，羊脂白级别。这也是疑点之一。

　　"没错，故宫博物院藏青玉婴戏纹执壶、青玉合卺杯和青玉山水人物纹方盒都是有子冈款的玉器，而玉质均有杂质不洁净。

　　"陆子冈的玉件存留至今的，器物多为实用品或陈设。例如发簪、杯、水注、水丞、壶、洗、香炉、印盒、玉牌等，陈设品有尊、觥、觯、罍等。子冈款的玉镯乃是首次发现。

　　"再来看这对玉镯之上的雕工，细看实际是两层雕琢。玉镯的表面用极细致的刀工，雕出了一条蔓藤连理枝，连叶片上的脉络都清晰可见，还有些许露珠。而第二层则是光滑圆润的镯体，两层之间巧妙地用连理枝接触的地方相连，但若是被人戴在手腕之上，就只能看到一圈栩栩如生的连理

双跳脱

枝缠绕在手上，简直可以称得上巧夺天工。明代虽然已经出现了绞丝玉镯，但这种镂空雕琢的技巧和意境，十分少见。"

……

又过了许多时日，首都博物馆展出了这批出土墓葬文物。

在这对镂空连理枝玉镯的展柜前，一个志愿者妹子正跟游客们热情洋溢地讲解着，讲解词都是考古学家们争论的各种论点论据。

这对玉镯究竟是否是陆子冈所雕琢，文物专家并没有给出最终的鉴定结果。但也正是这样，才更吸引游客前来亲自参观。

志愿者妹子把两派的论据都讲解完毕后，又增添了点自己的感慨。

"也不知道这对玉镯，陆子冈是为贵人订制的呢？还是为自己心爱的姑娘所雕琢。"

游客们依次排队在玻璃展柜前停留欣赏，均对这对玉镯的精美华贵赞叹不已。

志愿者妹子站在旁边，下意识地朝不远处看去，果然看到一个年轻男子正站在角落处，远远地朝这个展柜看来。

今天是展览的第一天，志愿者妹子在早上就看到了那名男子站在那里，一瞬不瞬地看着这边。

好奇怪啊，如果是想要看这对玉镯，直接走过来不就能看到了吗？

这人给她的感觉，就像是想要看到这对玉镯，又害怕看到一样。

咦，为什么要怕看到呢？

果然是她想多了吧？

志愿者妹子笑了笑，带领着这队欣赏完玉镯的游客，朝隔壁展柜走去。

蘅芜香

医生有一阵子没去哑舍了。

一是最近略忙，二是因为上次不小心手欠用留青梳梳了一下头，就产生了科学难以解释的后果，让他实在是一下子无法接受。

不过他的心也比较大，忙过这两周，竟忘记了之前的窘境，自然而然地在下了班后，第一时间就推开了哑舍的大门。

"老板，我要喝点茶！可累死我了，还好之后的手术安排没这两周这么紧，否则我肯定受不了。"医生瘫软在柜台上，觉得自己站得下半身都失去知觉了。他见老板要重新泡壶茶，连忙表示不用泡新茶，凉一点的正合适。

随手在茶盘上选了一个大一点的茶杯，医生一连喝了五杯才止了渴，心满意足地打了个水嗝。

老板莫名地觉得这人和那只有时候会来天井中晒太阳的黑猫很像，手指痒了痒，克制住了自己想要撸猫的欲望。

不能再这样下去了，现在的医生已经没有了英年早逝的危险，理应与他拉开距离，尤其在有另外一个人虎视眈眈的情况下。

毕竟，面前的这个人，与扶苏是两个单独的个体，没有义务去承担不属于他的风险。

是时候，做个决定了。

老板无声地叹了口气，看似平静地转过身，打开身后的柜子。

柜子里有许多密封好的瓶瓶罐罐，每个上面都贴着标签，写着各种各样的香粉名。老板的手指从这些瓶瓶罐罐上划过，直到最后一个小罐子时，才停了下来。

这个罐子不同于其他香粉罐，上面并没有标签，只有一张陈旧的封条。

已经，很久都没有用过这蘅芜香了。

其实，也很少用到过。

本来得来的蘅芜香就极少，用一次少一次。

再加上在古代，想不再见面是一件很容易的事情。只要分开两地，就有可能是永别。根本不需要这种剔除他人记忆的蘅芜香。

上一次，他用这个蘅芜香，是什么时候来着？

时间过于久远，远到连他都想不起来了。

"老板，你知不知道主任有多可怕……"

身后，医生还在喋喋不休地唠叨着，老板的手伸向了装着蘅芜香的瓷罐。

其实很简单，只要燃了掺有他发丝的蘅芜香，医生就会忘记他，忘记哑舍，忘记这些不科学的一切，恢复普通人的生活。

他也不会再遭遇危险，平平顺顺地度过这一生。

而他会关了这里的店，去另外一个城市，重新开一家哑舍。

又或者，永远把哑舍关闭。

毕竟，扶苏的无尽轮回已经终结，他的执念也可以平息了。苟延残喘在这个世上，也没有了任何意义。

他，早就是应该死去的人了。

"老板，有你这地方真好，可以给我吐吐槽，否则我肯定会疯的。"医生深深地吐出一口气，仿佛把积蓄多日的压力也都吐了出来。

老板的手在碰到蘅芜香的瓷罐时，停了下来。

他若无其事地关上柜门，拿起银壶烧水重新泡茶。

其实，也可以不用现在就用蘅芜香，再等等吧……

再等等……

涅罗盘

听到士兵汇报的王离，半信半疑地走到帐外，见到步履匆匆走过的青年，吃惊地一把拉住他道："阿罗，你不是刚走吗？怎么这么快就回来了？是忘记了什么东西吗？"

王离说完，就怔愣住了，因为他发现好友看向他的神情无比复杂，一双眼瞳之中所蕴含的悲伤和怀念，让他为之震撼。他结结巴巴地安慰道："阿罗，是不是收到了宜阳王的什么消息？你……你别难过……"

年轻的上卿垂眸摇了摇头，淡淡解释道："不是，是我忘记跟大公子嘱咐一件事了。"

"哦哦，来，我带你过去。"王离亲自带着他去了扶苏所在的主军帐，心里却想着果然如此。方才的道别时间也太短了，很多事情都没有交代清楚吧？他也知道大公子和阿罗所谈事情他不方便听，便体贴地在门口停下脚步，目送着阿罗走进军帐。

不过，是不是他产生了什么错觉？阿罗他变得……有点奇怪……

王离抓了抓头，旋即觉得自己是想多了，然后又摇了摇头，嘱咐卫兵里面谈完之后记得通知他一声。反正阿罗一时半会儿肯定也说不完，这个时间他可以顺便去校场看一下那帮兔崽子们操练得怎么样了。

绿袍青年走进军帐，帐内昏暗，只有未关紧的帐帘缝隙射进来的一道阳光，照亮了眼前的一小片地毯。除此之外，刚从外面走进来的他一时什么都看不见。

即便这样，他也知道，他的大公子此时正坐在案几后面，接下来他会诧异地起身，问他怎么回来了。

"毕之，你忘记带什么了吗？"黑暗之中，传来了扶苏惊讶的声音。

绿袍青年定定地看着从暗处一点点走出来的大公子，那张俊秀而眉眼间又带着刚毅的容颜，逐渐出现在他面前。

他知道接下来，如果他对大公子表明身份，把之后发生的事情都一五一十地告知，即便大公子当时不信，也会在他的劝说下，对多日后来军营宣读始皇遗诏的太监一行多加防备，在刺杀中活下来。

当然，心思缜密的赵高根本不会只准备一次刺杀，接下来还会有各种各样层出不穷的暗杀。

他见过大公子一次次地在他眼前、在他怀里死去。

就算能侥幸在暗杀中逃得性命，数日之后，大公子也会因为伤势过重、突发疾病等等原因离世。

无论他做出什么样的努力，都无法更改历史。

"毕之？"没有等来绿袍青年回答的扶苏，疑惑地挑了挑眉。

绿袍青年掩去眸中的情绪，装成若无其事的样子，笑着解释道："无事，只是出去了才掐指一算，今日不宜出行。"

扶苏闻言一怔，他虽然有些意外，但也知道自家伴读从小精于卜算，便笑了笑道："你回来得正好，刚刚递上来一份情报，帮我分析一下。"

绿袍青年点头应允，走到案几前，弯腰把上面的一张帛书拿了起来。

扶苏眨了眨眼睛，他也没说新来的情报是哪张帛书，为何青年看都没看就拿到了正确的那张？

不过旋即他也就没有多余的精力去在意这个问题，年轻的上卿只是略扫了一眼，便开始发表自己的推断，字字珠玑。

扶苏连忙聚精会神地聆听。

这一讨论，时间飞速流逝，很快就入了夜。

油灯早就因为灯油燃尽而暗淡无光，扶苏已经看不清楚帛书上的字了，想要唤人来添灯油。

绿袍青年却先他一步缓缓起身，浅笑道："殿下，臣先去休息了，明日若见不到臣，切莫挂心，我定是深夜就启程了。"

　　扶苏虽然觉得奇怪，但也习惯了自家伴读偶尔也会有些不讲道理，便笑着道："那我就不去送你了。今日听毕之一番解析，顿悟良多，你且快去快回。"

　　绿袍青年无奈地勾了勾唇角，欠身道："诺。"

【现代　哑舍】

　　老板看着周围的摆设，许久之后，才缓缓脱掉身上颇有些年头的绿色深衣，摘掉头上的假发。

　　他摩挲着手中犹有余热的涅罗盘许久，终于把它收进了锦盒之中。

　　罢了，既然无法更改大公子的命运，那么，在想他的时候，回去看看他，也是不错的……

涅罗盘

伍

银鱼符

程骁自从有意识起，就觉得很痛苦。

每次心跳，他都会觉得胸口有块巨石，压得他喘不过气。

他本以为，每个人都和他一样，艰难地活在这个世上。

直到他发现，别的孩童都可以肆意地在阳光下奔跑，而他却连天气热一些都承受不住。

等待他的，是无穷无尽的手术、点滴、药物、治疗……

他知道父母都很爱他，但他没办法不怨恨父母。

为什么要生下他来承受这一切？

可是没过多久，他连怨恨的对象都没有了。

他的父母死于一场意外。

如果再给他一次机会，他一定不跟父母吵架。

一定，要跟着他们一起出门。

这样，就能结束他的痛苦。

其实，他完全可以自我了结。

但，他还是懦弱的。

爷爷只剩下了他，他还有存在的必要……

程老头白发人送黑发人，悲痛欲绝。

他把儿子和儿媳的后事办妥之后，才发觉自己小孙子的精神状态很糟糕。

"骁儿，你要好好地活下去。"程老头推开病房的门，心痛地看着程骁苍白的小脸。

程骁无声地看着窗外，像一尊没有生命的陶瓷娃娃。

程老头咬了咬牙，从怀里掏出一个银质挂饰，用上面尖锐的部分，刺破了程骁的指尖。

似乎在一瞬间，程骁的脸色便由苍白转为红润。

程老头叹了口气，把方才说过的话，又重新说了一遍。

"骁儿，你要好好地活下去。"

第二天，医院的护士惊愕地发现，程老头因为心衰去世，而连续失去了三个亲人的程骁，心脏病却有了好转而可以出院了。

亲戚朋友帮忙主持了程老头的葬礼。

程骁从衣服兜里掏东西，一条小银鱼被带了出来，掉在了地上，他却浑然不觉。

跟在他后面的一个中年女子捡了起来，追上一脸茫然的程骁，温柔地说道："这是你爷爷留给你的吧？我曾经见他戴过。好好收起来吧，不要再丢了。"

程骁盯着那个小银鱼看了半晌，才接到手里。

"谢谢。"

影青俑

"你有没有觉得最近馆里的瓷器展展厅，空调开得有点太冷了？我每次去值班的时候，都冻得直哆嗦，等下次去，一定要多穿件衣服。"

"其实……那展厅压根儿就没开空调……"

"……你不要吓我。"

"真的，你再去的时候，可以留意下，那个展厅的中央空调压根儿就没开。"

"……我要跟领导申请更换值班的地方。"

"话说，你就真没觉得那个展厅有什么古怪吗？除了比较冷之外。"

"真没有啊！你不要吓我！我一会儿还要去值班呢！"

"好好想想啦！人家很好奇嘛！"

"……要说起来，正中央的那个影青俑还是有点奇怪。当然，只是觉得那种绑防震丝线的方法太奇葩了。"

"喏，布展的时候我也在场，馆长特意拿来两条防震丝线绑在了那尊影青俑的脖子上。你也知道，那影青俑正好是一个跪伏的姿势，再加上防震丝线，简直就是束缚受刑，真是让人看着都觉得不舒服。"

影青俑

"没错没错，反正我值班期间，看到来参观展览的游客们，几乎每个走到影青俑面前，都一瞬间惊呆了，随即便……"

"便怎样？"

"便拿起了手机拍照……"

"……"

"后来有人声称参观了瓷器展之后，回家感到喘不过气来，体虚气短，呕吐不止，还找了记者来报道呢！"

"胡扯吧……"

"不过貌似症状是真的，还去医院做了检查，诊断结果是真菌过敏症。"

"真菌过敏症？那是什么？"

"哎呀，那个影青俑不是新出土的嘛！肯定是带了不知名的古代真菌。不是有过报道，有人进过金字塔就被法老王诅咒，其实大多都是感染了真菌。医院后来还专门派了人来博物馆采集空气样本呢！"

"不会吧……这么夸张？那你……有没有事啊？"

"放心啦，我要是有事，早就有了。是有个别人体质特殊，对真菌太敏感了。反正一切现象都能用科学来解释，我们就不要自己吓自己了。"

"……你能这么想，当然是最好的。"

"为什么用那种同情的眼神看着我……不说了，我去值班了。"

"其实……我刚听说，那尊影青俑的成分报告出来了，那……是用人骨……烧制的……"

"……我现在请假还来得及不？"

"没事啦，楼上还有一个展厅连古墓里的一间墓室都搬过来了，怕啥？"

"要不咱俩换换？"

"咳，不说了，我也去值班了。"

天光墟

婴站在原地茫然四顾。

他本来是听闻启福巷有深夜出现的集市，传说有秘而不传的美味佳肴，这才熬了个夜特意慕名而来。来的路上还遇到了一队卫兵巡夜，掏出了金印才证明了他的身份，得以放行。

趁着月色，好不容易到了这传说中的天光墟，发现倒还真是个好地方，不光卖夜宵，还有各种稀奇古怪的旧物古玩。婴先奔去吃了几块秘制烤羊肉，顺带逛了几个摊位。

可是，他又怎么来到这里的呢？启福巷两侧都是废弃的民居，根本不是这种连屋檐都往上飞扬的建筑啊！

明明，他只是一低头，刚给摊主付了钱的工夫。再抬头就换了个地方……

这里绝对不是他之前所在的那条狭窄的启福巷。而夜空也像是被层层的乌云所笼罩，别说是繁星，就连夜晚一直悬在夜空中的那轮皓月也不见踪影。

这条街上来来往往的人甚多，人们穿的衣服款式有所不同。虽然大部分都是衣袂飘飘的长袍，但间或也有人穿着紧紧包裹住四肢的衣服，让人看了就脸红。

街道两旁有着各式店铺，街边还有着稀稀落落的地摊，上面卖的东西也都奇奇怪怪。婴粗略地扫了一眼，有大半他都没有见过。

"这……请问，这是何处？"婴漫无目的地走了半晌，终于忍不住向路边的一个摊主请教。

这个摊位是在一个书斋门口，也是卖书的，应该就是书斋的书搬了出来在路边摆摊的。这位摊主很年轻，比一般人瘦上许多，脸部的颧骨都瘦得微凸了出来，更显得他的五官分明。他面容清隽，但也架不住不修边幅。他的长发因为懒得打理，只是松松地系在脑后，脸颊边还有未刮净的胡茬，给人一种邋遢的感觉，可那锐利的眼神又让人不容忽视。

当对方看来的时候，婴下意识后退了半步，差点想掉头就走。不过他还是能分辨出这位摊主的目光并无恶意，和街上其他人看着他的眼神完全不一样。

是的，婴自小就尝尽世间冷暖，所以对旁人的视线和态度极其敏感。

果然，这位摊主只是上下打量了一下他，便低头继续整理摊位上的旧书。

"此处，乃天光墟。"摊主的声音清朗悦耳，可惜只说了六个字就闭口不言。

"我知道这里是天光墟，可怎么和我方才进的那个天光墟完全不一样？"婴疑惑不解地追问道，不过旋即他就发现了奇怪之处，"这些……这些是什么？是书？这薄薄的，还能写字的是什么材质？不是赫蹏也不是方絮，摸上去很像是帛布，可看上去又容易破碎……"

"这是纸。"摊主用同情的眼光看着他，"看你的衣服制式，应该来自于比我更早的朝代。相信我，你在这里会学到很多的。"

婴眨着他的那双大眼睛，没有听懂摊主所说的话。或者说，他是听明白了，却不敢细思。

"这里是真正的天光墟。是一个市集，乃超脱时空之所。只有凭信物才能从鬼市出入，而且是从历史长河之中，任意一处鬼市出入都有可能。只要你买对了出入天光墟的信物。"摊主许是同情像小白花一样的婴，顿了顿之后，续道，"你手上拿着的，记住，无论是谁都不要给，不要换。否则你就会被困在这个市集里，永生永世都出不去。"

婴听得半信半疑，这不就是一个市集吗？怎么可能走不出去？他低头看着手心里静静躺着的一枚琉璃珠，觉得摊主在危言耸听。

这枚琉璃珠是他方才在地摊上一眼挑中的，琉璃珠上有大片的绿色，还配了些许黑色和红色，看上去淡雅之中又带着神秘。他一看到就想起了阿罗，就打算买回去送给他。

这琉璃珠也没有多少钱，怎么可能算是什么信物呢？

婴觉得这摊主神神秘秘的，不好接触，赶紧道了谢告别。虽然也很想追问几句纸是怎么来的，但婴觉得继续问下去恐怕会听到更多无法接受的事情。

就算没把摊主的话放在心上，婴接下来还是遇到了几个主动上来搭讪的人，拐着弯地想要他身上的东西。

婴再迟钝，也发现了此处的古怪。他已经在这里待了至少两个时辰，天早就应该亮了，他的肚子也早就应该饿了。但天依然黑沉，肚子也没有丝毫的空腹感。

而他，根本走不出这条市集。

这本身就是一件不可能发生的事情，但确实在他身上发生了。

婴沮丧地坐在路边，使劲掐着自己的手臂。

疼，很疼。

可是为什么醒不过来？

肯定是在做梦啦！他的梦也是越来越奇怪了。

倒是那个"纸"，如果真能研制出来，肯定能大受欢迎。比起又沉又累赘的竹简，轻薄的纸简直就是艺术品！

不过，果然是他的梦吧？所谓的纸，也不过是类似于帛书的一种存在，是他幻想出来的吧。

按照他惯有的梦境，这时候，应该会有阿罗出现。

婴虽然这样想着，但还是没抱什么期望地抬起头，却猛然间看到一个熟悉的人影在不远处走过。

阿罗？！阿罗果然出现了！不过为什么他穿着一身玄黑色的衣袍？

不管了，反正是他的梦境，阿罗穿黑衣也很帅！

"阿罗，等等我！"婴像是找到了主心骨，立刻朝阿罗奔了过去。

穿着黑衣的上卿大人显然很意外在这里看到他，神情有些异样的恍惚，"婴……你……你怎么在这里？"

婴没发觉上卿大人的表情奇怪，一股脑地把自己的遭遇说了出来。

"你是说，你是给我买了一枚琉璃珠？"上卿大人神情复杂地问道。

"是啊是啊，可好看了！你瞧。"婴毫无心机地摊开手，那枚琉璃珠正静静地躺在他掌心，也许是攥了太久，琉璃珠上面还沾着他手心的汗。

上卿大人低头看着这枚琉璃珠，久久不曾言语。

"好看吧？我一看就觉得特别适合你，等回去了可以让采薇给串一下，选个玉佩当配珠。"婴滔滔不绝地说道。

"这是……送我的？"上卿大人幽幽地问道。

"是的是的。"婴点着头，早就把之前那位摊主的警告抛在了脑后。反正是做梦，提前给阿罗也没什么啦！

上卿大人迟疑了片刻，终于把手伸了过去。

子辰佩

【天光墟】

天光墟里无岁月，身在其中的人感觉不到饥渴，也没有困倦之意。

但没有人喜欢时时刻刻都在街上游逛，就算身体不疲惫，精神上也需要休息。

所以但凡在天光墟里待的时间久的，有能力的，就算弄不到一间店铺做生意，也至少能交换来方寸之地，可以供自己躺下小憩。

只是更多的时候，躺在那里无法入眠，更容易精神崩溃。所以大部分人还是喜欢在街上晃荡。

郭奉孝也有自己的小屋子，他反而沉迷于只有自己的时间，不用防备，不用计算，可以尽情地思考或者看书。

这次，他刚翻开汤远给他带的《厚黑学》，正看得津津有味时，房门被人有节奏地敲响了。

"进吧，我在。"郭奉孝不用确定，就知道来人是谁。能敲出那么铿锵有力的敲门声，也只有那一板一眼的岳甫了。

门开，果然是岳甫。

他站在门口，对着堆满了书卷的小屋，皱了皱剑眉，终于勉为其难地弯下腰，清理出来一块可以供他进来行走的地方，才把房门关上。

"哎哎，不要把翻开的书页弄乱，书签也不要弄掉啊！"郭奉孝习惯性地嚷嚷着，"话说怎么现在来找我了？有什么事吗？"

岳甫没有回答，仍然是低着头帮他整理着书籍。

郭奉孝觉得有些奇怪，抬头扫了一眼好友。

这一看之下，就不由有些怔愣。

因为他发现岳甫和往日有些不同。

"你……腰间的佩刀呢？"郭奉孝拿起旁边的书签，夹进书页，把《厚黑学》合拢放在手边。

岳甫手上的动作一滞，但也只是一瞬间，就继续面无表情地整理书籍。若不是郭奉孝正盯着他看，都察觉不了。

郭奉孝把怀里的扇子抽了出来，缓缓地展开了扇面："你要走了。"

他用的语气，不是疑问句，而是肯定句。

岳甫知道这位好友一向聪明，但却没料到只是一照面，就能看出来端倪，实在令他佩服不已。他索性放下手中的书，直起身子，郑重地点了点头。

郭奉孝慢慢地摇着扇子，弯起嘴角嘲讽道："我知道你早晚要走的，只不过没想到，你居然肯舍了你的那把佩刀。不用想，肯定是你用那把佩刀，换了别人的信物吧？我猜猜，莫不是从开书斋的那家伙手里换的？哼，除了那家伙，也没谁对你那把破刀感兴趣了。"

岳甫一时不知道该说什么，有个即使什么都不说也能猜得到来龙去脉的好友，真不知道是幸运还是不幸。

郭奉孝眯了眯双目，声音低了几度，沉声问道："你舍得吗？"

舍得吗？

这些时日，岳甫不断地在问着自己这个问题。

那把佩刀，是他祖父岳飞上阵杀敌时用的佩刀，饱饮敌人鲜血，煞气十足。

祖母把这把刀传到身为长子长孙的他手中，所代表的意义，不言而喻。

是要他莫忘岳家精神，以武入道，重建岳家军。

祖父和父亲的冤屈，他自是要洗刷清白的。可是之后呢？他重建岳家军？重新驻守边疆？大杀四方？重走祖父的那条路？

他自认不及祖父，无论从武力、军事谋略，还是为人处世上，都无法超越祖父。

那么连祖父那么优秀的将领，都难逃被自己人陷害斩杀的命运，那他又能做得了什么呢？

岳甫摸向了腰间那枚父亲在临刑前交给他的子辰佩。

"我不想望子成龙，只想让我的儿子，按照自己的意愿而活。"

父亲临死前的最后一句话，像是烙印一样，深深地镌刻在了他的脑海之中。

意愿，他能依照自己的意愿选择吗？

此时，郭奉孝轻笑出声："恭喜你，终于想通了。"

"是的，我想通了。"岳甫攥着掌心的子辰佩，郑重地点了点头，"所以，我可以离开这里了。"

岳甫在舍弃祖传佩刀的那一刻，便决定了弃武从文。

会打仗没有用，很会打仗也没有用。

他的祖父已经算是军神了，但皇帝要杀他，也只能引颈受戮。

若要保家卫国，只能走另一条道路，从根本上改变一切。

从民生上入手，力争国富民强。若是再有像祖父那样的将领出现，他也可以有足够的权力，对抗奸佞。

"走吧，祝岳大人鹏程万里，青云直上。"郭奉孝收拢折扇，再次拿起了手边的《厚黑学》，低头看了起来。

"谢奉孝吉言。"岳甫弯了弯唇角，虽是有些不舍，但他一向也不是婆婆妈妈的人，便没有再说什么，而是沉默地弯腰把脚下的书籍整理完之后，就起身离开了。

在门关上的那一瞬间，郭奉孝捏着书的手一紧，却并没有抬头，而是尴尬地把书掉了个儿。

他怎么把书拿反了？

岳甫那小子，应该没有发现吧……

唐三彩

明德大学。

夜空之中的阴云依旧没有散开，雨还淅淅沥沥地下着，一群乌鸦悄无声息地站在树梢，用那一对对泛着亮光的眼眸，看着一男一女带着一个小孩儿从一间废弃的别墅小楼中离开。

"嘎！"一只乌鸦扇动着翅膀，嘶哑难听地鸣叫着，在寂静的夜里传出去很远。

"嘘……小点声……"这只乌鸦居然是蹲在一个人的肩膀上，也许因为这个人穿着一身黑色的运动服，就像是与黑暗融为了一体，不仔细看根本发现不了他的存在。

这人一头长发束在耳后，有点不修边幅的凌乱，鼻梁上还架着一副酒瓶底那么厚的圆片眼镜，下半张脸都埋在了拉高的运动服领口内，完全看不出长相。

"嘎！"他肩膀上的乌鸦并没有听话，而是越发不满地扇了扇翅膀，抖了对方一脸的雨水。

"夜叉，你的胆子还真大了。"张槐序冷哼了一声，从兜里掏出一张黄色的避水符，往身上一贴。符纸上淡蓝色的符文暗光一闪，瞬间扩大了数倍，拢住他整个人，沾在身上脸上的水珠都像是被无形的屏障弹开。

名叫夜叉的乌鸦聪明地往这人的怀里钻，正好也被算在避水符的保护范围内，开心地扑扇了两下翅膀。

张槐序一手搂着夜叉，一手扶着树干，低头目送着那对男女带着小正太一前一后地离开，不爽地撇嘴道："哼，月黑风高，孤男寡女……不过浅浅是不会看上这种软绵绵的男人的！"

"嘎。"夜叉叫唤了一声，鄙视地看着自家主人。这么看不顺眼，就直接冲上去把妹子啊！躲在暗处算什么男子汉？

张槐序像是看懂了自家灵宠的不屑，尴尬地咳嗽了一声，装作若无其事地推了推鼻梁上的圆片眼镜，"喏，那间小楼里怨气冲天，在他们离开之后怨气更是大盛，必须要去管管了。幸好浅浅没出什么事。"

夜叉凑过去，从自家主人特制的圆片眼镜望过去，看到了一片冲天而起的白色怨气，更是吓得"嘎嘎"直叫。

"叫什么叫！不会让你进去添乱的，在这里放哨。"张槐序恨铁不成钢地拍了拍怀里的乌鸦，把它往空中一扔，随后在"嘎嘎"的背景音中像一片树叶一般，轻飘飘地从树枝上落下，落地的时候只溅起了几点水花，再一闪身就消失在了黑暗之中。

夜叉在空中扑腾了两下，在雨中重新狼狈地飞了起来，落回到之前因为自家主人离开而上下起伏的树枝上，眯起双目开始不怎么尽职尽责地望风放哨。

反正这么晚，也不会有谁来啦……

夜叉的一对小眼珠子，时不时瞄向四周聚集的乌鸦群，挑选着哪个乌鸦妹子比较漂亮，琢磨着怎么搭讪比较帅气。结果完全忽略了在黑暗中，走进小楼的那抹一闪而过的赤红色身影。

苍玉藻

茶白有四个兄弟姐妹，他们都是同一时刻出生的。

虽然茶白认为自己应该是大哥，但却被兄姐同时认为他应该是小弟。

他们是女娲补天时所残留的五彩石碎片，被黄帝打磨成了玉藻，编入了冠冕之中。只有这五颗玉藻是真正有精魄的，但除了黄帝本人，谁也不知道冠冕上的二百八十八颗玉藻之中，究竟哪五颗才是特别的。

他们这五颗玉藻是朱红、素白、苍绿、橙黄、玄黑，分别代表着出生、死亡、财富、粮草、军队，是一国之主治理国家最重要的五个要素，是真正的天子玉藻。

最初，他们认真地辅佐着黄帝治理国家，也随着朝代更迭，这天子冠冕戴在不同的天子头顶，而辅佐着一个又一个帝王。

时间慢慢地流逝，他们也厌倦了这样的生活，纣王在走投无路的时候踏上鹿台自焚而死时，戴的就是他们所居的天子冠冕。

天子冠冕毁于一旦，二百八十八颗玉藻被瓜分一空，而真正有精魄的那五颗天子玉藻也都下落不明。无人得知冠冕之上为何要用五彩玉藻垂旒而饰，但也都依循古礼，照猫画虎。只是渐渐的，五彩玉都很难寻到，自汉朝末期之后，皇帝冠冕的十二垂旒上所穿的便只是白玉串珠。

对于茶白他们来说，天子冠冕被焚烧的那一刻，他们就自由了。

被谁握在手中并不重要，重要的是他们终于可以随心所欲，为自己而活了。

茶白寻了一处山清水秀之地，隐居了起来，很少行走人间。

因为代表死亡的他一现世，带来的就是哀鸿遍野，满目疮痍。

虽然他不怎么在乎那些人类的生死，但那种血色盈满大地的景象，确实不好看。

在漫长的岁月里，其实他并不寂寞。因为他的那些兄姐们，经常会回来看他。

掌管出生的大姐朱绯，是个喜欢热闹的女孩子。经常在休养生息国泰民安的时候出去玩耍。但在掌管粮草和军队的黄栌和黎鸦两人联手出门闯祸的时候，朱绯就会回到荼白这里，一边数落着那两人不听话，一边无聊到揪头发。

到最后，荼白都会被她逼得抓狂，忍不住离开自己隐居的地方，出门去找那两个不负责任的哥哥回家。黄栌和黎鸦的关系也时好时坏，有时候好到像是一个人，有时候吵得天翻地覆，必须要荼白来当和事佬。

他的小姐姐绿珠喜欢流浪，很久很久都不会见到一次，偶尔遇上了，也只是互相点头打声招呼。据说黄栌跟绿珠联系还算多一些，朱绯和黎鸦也都没见过绿珠几次。

他们五颗玉藻之中，绿珠是最喜欢人类的。

相比起他们，绿珠真的是很少出现，真心实意地想要伴着她的主人们一生一世。

可是她一次次地失望，每个拥有她的人初时会获得幸福，但最终还是会变为灾难。

但一次又一次，绿珠还是会不停地尝试。

即使最后坠楼了，碎裂了，也不停止。

时间就在打打闹闹之间飞速流逝。

朱绯在很多很多年以前，爱上了一个凡人，最终沉睡在情人的棺椁之中。

黄栌和黎鸦也不再吵架，心平气和地相处了下去。

绿珠现在也不知道在哪里，是否依旧在一个又一个人手中流浪。

荼白知道，他们在这漫长的岁月里，最终还是希望以人类的身份继续生活下去。

可是他不一样。

为什么，丢下他一个？

哑舍内间的深处，有一个房间门上贴着一张封条。

如果仔细侧耳倾听，也许还会听得到里面偶尔传来锁链移动的细碎声音。

"什么时候想死了，可以来找我。"

当年荼白蛊惑人心的声音仿佛回荡在耳边，老板驻足了半晌，终于还是抬腿继续前行。

终有一天，他会打开这个房间。

但并不是现在……

点翠簪

青羽睡了好久。

它的仇终于报了，可是它身上的诅咒却并未被化解。

它的每一任主人，都不再被任何人喜欢，也没有好下场。

它也没有办法改变这个事实。

最终，它被上一任主人带入墓穴陪葬，彻底沉入了黑暗。

直到它再一次重见天日，这世界已经大不一样。

许多穿着白大褂的人对着它赞叹不已，但谁都没有把它收藏起来，成为它的主人。

它最后被放在了一个密封的玻璃柜里，和其他各式各样的古董放在一个叫博物馆的地方，定期开放展览。

除了每七天休息的那一天外，每一天都有许多许多人前来参观。

其实这样也很好。

没有人长期碰触它，它就不会给别人带来厄运。

青羽心满意足，别无所求。

直到有一天，它看到了展柜前，出现了一张小萝莉的脸。

那个只有七八岁的女孩儿，长得玉雪可爱。只是在右眼处有两厘米左右的红痕，乍一看像是被什么东西抓伤的痕迹，但细看又会发现这并不是伤痕，而是胎记。

这是它的仆人！

青羽差点惊叫出声，它绝对不会认错！

脸上的那抹笑容、眼尾的那道红痕，还有那双棕黑色眼瞳之中它的倒影……

在看清那双清澈眼瞳中的倒影后，青羽冷静了下来。

是啊，它再也不是当年那只小翠鸟了。

而仆人，也不是当年的那个仆人。

青羽的心重新冷硬了下来。

那个女孩儿好像并不是本地人，呆呆地看着它许久之后，身不由己地被父母从展柜前拉走了。

它以为只见这一眼，就已经是上天的恩赐。

却没想到，第二年的这一日，它又看到了她。

以后，每年的这个月的第一个星期日，她都会出现在它的面前。

有时只是停留短暂的时间，有时一站就是一日。

这样也很好。

虽然它很怀念她掌心的温暖，也绝对不可以再跟她在一起。

因为，它只会给她带来厄运。

它喜欢她，非常喜欢，但没有必要让她知道。

就这样每年见一次，每次看到她都会有些不一样，感受到那温柔的注视，这就足够了。

呐，说不定什么时候，她会带着她的另一半一起过来看它。

再带着她的孩子。

然后让它看着她，慢慢地变老。

它就在这里，不悲，不喜。

海蜃贝

陆子冈一边用锫刀刻着玉件，一边时不时抬起头瞄一眼柜台前缠着老板的那位女子，不由得暗自腹诽。

　　这都聊了一上午了，老板居然还没打发了这妹子。暂且不论对方是因为什么，这样的场面，还真是难得一见啊……

　　林溪其实也不想这样麻烦对方，但发生的这一系列事件，这案件报告怎么写，她实在是很抓狂啊！

　　她要怎么跟科长解释，博物馆失窃案所引发的一系列后续情况？她中间失踪的那段时间去了哪里？为什么范泽失踪？博物馆失窃案的嫌疑人是范泽？那他的行窃手段又是什么？还有……为何失踪一年多的杜子淳又重新出现了？这还要涉及他当年失踪的那个案子……

　　难道她要直接跟科长讲，这些都是海蜃贝引起的灵异事件，那玩意儿只要往脸上一喷就会被隐形？

　　科长肯定立刻让她去看精神科。

　　"林警官，我已经把我所知道的都告诉你了。"老板的手中摩挲着一件紫砂手把壶，一副云淡风轻的模样。

　　林溪咬了咬下唇，知道自己也是过于强人所难了。她知道若不是这老板看在她的身份上对她有所忍让，说不定早就把她扔出店外了。

　　毕竟，他的店里面，有那么多稀奇古怪的东西。

　　"老板，我也不求别的，能不能把你们店里的那个海蜃贝给我看两眼呢？"林溪沉默了半晌，还是忍不住觍着脸问了一句。

　　杜子淳曾经严厉地警告她不能独自一个人来这家店，也不能冒昧地对老板提出什么过分的要求。

海蜃贝

但……

她实在是太好奇了啊！

面对着林溪星星眼的攻势，老板依旧不动如山，说话滴水不漏，让人无法拒绝地端茶送客。

林溪却并不觉得气馁，反正她有空还可以再来嘛！

不过，她看着老板无懈可击的笑容，总觉得心虚气短。

也许，她真的从老板嘴里套不出来什么……

正当她有些泄气的时候，却发现老板正抬手喝茶的姿势忽然一顿。

林溪敏感地抬起头，发现老板正一瞬不瞬地盯着窗外。

顺着他的目光看去，林溪正好看到一个戴着眼镜的帅气男青年走了过去。

咦？这是谁？看起来有点眼熟。

喏，不就是在博物馆失窃案中，曾经在展览上和博物馆馆长聊过几句话的人吗？后来她还做过简单的调查，是附近人民医院的医生。

看来，这人，是接触、了解这哑舍老板的突破口啊……

青石碣

"开会，又有案子了。"杜子淳从科长办公室出来，表情凝重地说道。

第七科的众人立刻都行动了起来，所有人立刻从办公桌前、沙发上站起身，走到办公室一角，清空杂物，挪动桌椅，擦干净白板。

杜子淳是最近才调到第七科的，补的是范泽的空缺。他虽然是空降部队，但第七科的人都看过林溪桌子上他们的合影，均对他产生了浓厚的兴趣。

杜子淳情商满点，乐于助人，整天挂着灿烂的笑容，再加上他颜值高，办事能力极强，不到一个礼拜的时间，就迅速俘获了第七科上到科长，下到打扫大妈所有人的心。

此刻大家看到他严肃的表情，就知道这案子肯定非常棘手，当他走到办公室一角的时候，没有出外勤的所有工作人员都已经或坐或站地准备好开会了。

杜子淳用 iPad 把报告调了出来，发送给在场的每个人。在他们熟悉案情的时候，把打印好的案件资料一张张挂在了白板上。

"最近在这个丁字路口，已经连续四天发现尸体了。"

"每晚十一点四十五分，总会有人在这个路口死去。"

"四号晚间十一点四十五分，发生了一起车祸，伤者被送往了医院，抢救及时。但五号晚间十一点四十五分被人发现死在车祸现场，死因是受到重创，颈椎断裂。事发现场的监控录像并没有显示被害人被撞的情况，死亡原因应是前一天晚间的车祸。医院的诊断书也正在调查中，并无错处。被害人可能在颈椎断裂的情况下，活了整整二十四小时。"

"六号晚间，同样的时间，死去的是一位七十三岁的老年男子，死亡原因是心衰。"

"七号晚间，同样的时间，死去的是一位中年男子，死亡原因是心梗。"

"八号晚间，同样的时间，死去的是一位年轻女子，死亡原因……是吞服安眠药自杀。"

"而今天是九号，离这个魔鬼的时间，我们还有十个小时三十五分钟。"

杜子淳冷静地陈述着案情，每讲一句就让人感觉屋内温度下降一度，冻得众人心生寒意。

"这些被害人都有什么共同点？"林溪飞快地翻阅着手中的iPad，浏览着案件信息。

"除了死亡时间惊人一致外，每个被害人都在丁字路口前矗立了很长一段时间，四十三分钟到三个小时左右不等。"杜子淳飞快地回答道。

"从路口的监控录像来看，凶手并没有出现在现场？"

"已经采集了邻近的两个摄像头、右边路口的银行监控还有邻近的超市监控，技术科正在分析筛选。看是否有可疑人员。但问题是，凶手究竟如何做到这一点的？"

"连环杀人案，最重要的切入点，其实是第一件案子。"

"没错，而且我认为，这个案件最重要的反而不是出现第一个被害人的五号晚上，而是发生车祸的四号。"

"我调出四号晚间的监控看看……"

在其他人还在熟悉案件的时候，杜子淳和林溪两人已经开始一问一答地分析起来，极有默契。虽然他们已有许久未见，但杜子淳却因为海蜃贝的原因，一直跟随在林溪身边，尽管后者根本不知道。

林溪点开了监控文件，反复看了几遍，忽然轻呼一声。

"怎么？有什么发现？"杜子淳连忙问道。

林溪按了暂停键，并且扩大了监控画面，又用软件把画面上的那个人像去掉噪点调高清晰度，屏幕上就出现了一个他们都见过的脸容。

"这是……那个医生？"杜子淳皱起了眉头。

"没错，是那个医生。"林溪点了点头。

"这人怎么无处不在啊？"杜子淳叹了口气。医生的身份，他们当然是查了又查，完全没有任何可疑之处。

但随着调查的深入，他们查到第七科的未解案件之中，有好多都和这位医生有关系。

例如几年前的城市不明生物案件、畅销小说家被指控为凶手案件、最近的明德大学案件……

"难道……是柯南体质？"

"喏，至少他们都一样戴着眼镜。"

两人对视一眼，知道这个案子，可能又要去麻烦哑舍老板了……

烛龙目

胡亥睁开双目，难掩震惊地看着手中的黄玉球。

而掌心的黄玉球还散发着荧荧的黄光，中央隐隐可以看到一个竖瞳，就像是怪兽的一只眼睛。

明明之前不过是一个普通的玉球！

胡亥回想着之前闭上眼睛时看到的画面，骇然地一松手。

黄玉球跌落而下，眼看就要撞碎在青石地砖上的时候，一只修长的手伸了过来，准确地把这枚黄玉球握在了手中。

而在接触那人掌心的一瞬间，玉球中央的竖瞳便合拢消失，就像是怪兽闭上了眼睛。

"小公子，怕是看到了什么无法接受的画面吧？"赵高用指尖摩挲着那枚黄玉球，笑得一脸高深莫测。

胡亥张了张唇，想要说点什么，却发现喉咙干渴，竟是紧张得一个字都说不出来。

他刚刚竟然看到，坐在皇位上戴着皇帝冠冕穿着玄衣纁裳的那个人，竟是他自己！

这简直是在他最隐秘的幻想之中，都没有想象过的事情！

他的人生从他一出世，就已经被规划好了。

始皇帝最宠爱的小公子，衣食无忧，可以仗着始皇的宠爱在有限的范围内撒个小娇，讨要珍贵的器物。但做官封王参政？这辈子就不用考虑了。

除了始皇帝的另眼相看，如果想要下半辈子依旧肆意妄为，就必须讨好皇位的继承者。

这连猜都不用猜，一定是大公子扶苏。他的其他兄长都无法对扶苏的位子造成威胁，他就更不用说了。

这一切定是幻觉！这一定是蛊惑人心的邪物！

胡亥强迫自己冷静下来，干咳了一声，才勉强能发出声音："令……令事大人，此乃何物？"

"高自小长于赵国，与陛下相识于微末。小公子认为，高为何在各国质子之中，选中了陛下？"赵高把手中的黄玉球掂了两下，神情一脸怀念。

胡亥想起了赵高的出身，眼中有掩不住的震惊。他父皇一直看重赵高，原来是有少时的情谊。而赵高竟是在最初的时间选择了父皇，原因竟是……竟是早就知道他能一统天下，踏平六国吗？

"这……这玉球……竟能看到……还没发生的事情吗？"胡亥艰难地问道，心脏更是怦怦地跳个不停。

赵高并没有直接回答他的问题，而是勾唇一笑。

"小公子以为，在下为何在众位公子中，挑中了你呢？"

胡亥倒抽一口凉气，扶住了身侧的屏风才有力气继续站稳。

他……他说什么？

他……能当……皇帝？

他能当皇帝！

若干年后，胡亥依然记得那一日。

在他握住那枚烛龙目时，他人生的悲剧就已开始。

烛龙目

走马灯

【天光墟】

婴百无聊赖地在书斋里平躺着，在没有时间流逝概念的天光墟里，看书确实是很好的消遣。

当然，遵循天光墟平等交换的原则，进书斋看书也不是免费的。

婴想到那块用来交换十本书的榛子巧克力，就感到肉痛。

说起来，汤远那小家伙，也是好久没来了……

脑海里刚闪过这个念头，婴就听到了门外街上一阵熟悉的吵嚷声。

还真是想什么来什么，汤小爷来了。

婴本想把手中的书一扔，赶快跑出去的。但他刚坐起来，就想到现今的自己，并不需要主动去找汤远交易了。

他又重新躺了回去，把旁边的靠垫拽了过来，找了个舒服的姿势继续看着手中的书。

当然，就是在汤远找过来的时候，他一直都盯着同一页在看罢了。

"就知道你在这里。"汤远走到他面前盘膝而坐，从背包里拿出一大盒曲奇饼干，搓了搓手，期冀地问道，"这个够了吗？最后一枚六博棋的棋子，能给我了吗？"

也怪不得他这样心急，自从在这位紫衣青年手中得到了带有陆子冈名字的六博棋棋子，他已经陆陆续续地换了其他十枚。最后一枚据说带有名字的棋子，这位小哥就是不给。

每次都用其他的理由换东西，例如六博棋的棋盘啊、六博棋怎么玩啊……而这些他又不得不换，生怕这位小哥不再和他做生意了。

不过还好这紫衣青年是个吃货，只要准备好各种各样的好吃的，总有一天能够换到。

　　所以见紫衣青年从怀里掏啊掏啊，掏出来一把钥匙而不是一枚六博棋的时候，汤远便有种果然这次也没成功的泄气感。

　　"这是什么钥匙啊，不一定值得这盒丹麦曲奇饼干哦！"汤远把手里的饼干盒子往回缩了缩，一脸的防备。

　　"切，谁跟你换这枚钥匙啊？只是换借来用一次的机会而已。"婴嗤之以鼻。

　　"这是哪里的钥匙？"汤远像是忽然意识到了什么，睁大了双眼。

　　"你说呢？"婴笑眯眯地转了转手中的钥匙。这把钥匙是被寄存在书斋老板手里的，他可是跟书斋老板下血本换来了这次机会。

　　当然，再和汤远换一次，他还是会赚很多。

　　汤远咬了咬下唇，下定决心道："我要先去验货。"

　　"走吧，反正离得不远。"婴合上手中的书，长身而起。

　　汤远把饼干盒子先放回了双肩包，起身跟着婴走出了书斋。他看着婴出了门选择的方向，就觉得心脏怦怦地跳，而在对方最终停在了某间店铺前时，必须深呼吸才能保持冷静。

　　"怎样？使用一次开这扇门的钥匙，值不值得换？"婴回过头，微笑着问道。开玩笑，他和汤远之前也聊过几次，互相刺探过了身份，他也早就知道汤远是阿罗的师弟。

　　当然，是没见过的师弟。

　　汤远立刻乖乖地交出了饼干盒子。

　　婴也从善如流地打开了哑舍的大门。

　　店铺内，是一片黑暗，两人在过了一会儿后，才适应了这样的光线。

　　借着门外街市上的灯笼，汤远看清了屋内的摆设，都是各种稀奇古怪的古董。

　　"我劝你不要乱碰。"就在汤远打算拿起一只缠枝青花瓷瓶的时候，婴幽幽地叮嘱道。

"应该……没什么吧？"汤远安抚了一下袖筒里扭着身体想要爬出来的小白蛇。

"天光墟之中，时间相当于静止。而阿罗要把这些古董放在这里，就足够说明了它们的危险。"婴头脑冷静地分析着。

汤远沉默地收回了手。

这间店铺并不大，只有一间房，汤远绕着转了一圈，便把这里的东西都看了一遍。

只是不能碰，光线又不好，他也看不出个所以然来。

让他就这么走了，又不甘心，所以没话找话地跟婴搭讪道："我说婴哥啊，据说你在天光墟里很久了，通行证什么的，肯定能拿得到。为什么不出去啊？天光墟很无聊的不是吗？又吃不到好吃的东西。"

婴靠在门板上，很是自然地回答道："阿罗拿走了我的信物，肯定就是不让我出去。出去一定有危险，那我就不出去。"

汤远闻言一震，这孩子，怎么这么傻……傻得还这么可爱……

"唉，可惜阿罗来过几次，我都错过了。"婴鼓着腮帮子生着闷气，要是堵到了阿罗，岂不是可以有更好吃的东西了？

汤远无言以对。据他分析，他师兄天光墟来来回回这么多次了，都没敢见这婴一次，肯定是有愧于心。

敢情是这俩人的脑回路不在一个平面上啊……

"看完了吗？看完了我们就走吧，斋主提醒过我不要在里面待太久，万一犯了哪个古董的忌讳就不好了。毕竟天光墟也不是真的没有时间流逝，就算是几近于无，也还是有的。"婴说到这里也是怨念，如果可以的话，他真想在这个店铺里打个地铺，这样阿罗下次再来就不会错过了。

"看完了，走吧。"汤远叹了口气，他怕再不走，袖筒里的小白蛇就要冲出来肆虐了。

两人一前一后，缓步出了店铺。

在婴关上门的一刹那，在百宝阁的角落里，一抹昏黄的灯光幽幽地亮了起来，上面的纸画正用常人难以察觉的速度，缓慢地转动着……

博压镇

医生站在哑舍的店门外，看着这家古董店高大上的装潢，有点踟蹰不前。

自从他得到那盏走马灯之后，发生的事情就像是做梦一样，令人应接不暇。尤其那天晚上发生的事情，更是让人难以置信。接下来几天他都忙着把那面墙用水泥封住，重新装修，顾不上去找那个年轻的唐装男子。

说起来，那人竟是位古董店老板，而不是传说中的天师？

医生感觉有点失望。

也许是站在门口的时间太长，走过路过的行人们都开始留意到他的异常，纷纷投过来好奇的眼神。

医生硬着头皮，推开了那扇雕花大门。

"欢迎光临。"悦耳的声音从门内传来。

像是早就知道来的人是他一般，和那晚一样，穿着唐装的年轻男子站在柜台后面，低头认真地沏着茶。

医生环顾了一下店内，发觉这间古董店看起来很普通，就是架子上的那些古董看起来比他平常用的东西更精致更贵而已。

没有想象中的那些奇异事件，医生莫名地松了口气，一屁股就坐在了柜台前的椅子上，清了清嗓子道："老板，那晚多谢了。"

"哦？发生过什么吗？"唐装男子勾唇一笑，不以为意。

医生也猜到了对方不想多谈，尴尬了一会儿，他捏了捏衣兜里薄薄的钱包，压低了声音问道："老板啊，你这里有没有什么便宜点的东西？我能负担得起的。"

"哦？"老板显然没预料到医生居然要在他这里买东西，微微诧异地抬起了头。

"咳，之前的那块白虎博压镇，不是朋友送我的嘛！我想了想，还是还他点什么好，正好快到他生日了。只是，我现在还是实习医生，工资并不高。虽然租到的那个房子很便宜，但这不还刚重新装修好房子嘛！"医生挠了挠头，对自己囊中羞涩颇为不好意思。

"哦。"老板意味深长地直起身子，"确定要在我这里买？"

"这……当然。"医生只迟疑了片刻，就立刻坚定地点了点头。

不说别的，仅为老板那晚救了他一命，他来照顾生意也是应该的。况且，他装修房子的这几天也注意到了，这间古董店几乎没有什么生意。

"只是一个博压镇而已……"老板确实觉得医生有些小题大做了。

医生却打断了老板，把钱包豪气地拍在了柜台上："钱不够也没关系，我可以分期付款。以后每个月发了工资都来还钱！"

老板听到这句后，立刻改了主意，站起身道："你来得正好，我倒是觉得有件东西，很适合送给你朋友。"

"哦，真的吗？拿来看看！"

这一刻的医生决然没有想到，他跟这家古董店的缘分，才刚刚开始……

博压镇

后
记

终于写完啦!

虽然创作的过程非常艰难，但终究完成了六十个外传故事。

有些小故事补全了一些设定，例如在《山海经》之中，三青为什么跟医生那么好；例如为什么长命锁碎掉了医生才能继续活下去……

有些小故事则更好地补充了正篇的主题，例如《五明扇》的正篇写的是，经常说谎的人，就会怀疑别人说谎。而外传写的是，谎言其实也分恶意和善意。

有些小故事是有连贯性的，多次出现的天光墟、云象冢之类的地方，也会出现在《哑舍》第六部哦!

有些小故事，编辑大人在阅读之后，虽然觉得很流畅，但不知道重点在哪里。在我解释之后，才恍然大悟，所以建议我在小传之中，用大家能理解的话来解释一下。

但我写故事，尤其是写《哑舍》的时候，更喜欢像中国山水画那样留白。能看懂第一层意思，会觉得很好看。但其实能看懂深层次的意义，会觉得更有意思。

不知道大家是不是都能看得懂我文中所要表达的故事，但每个作者都会有自己的写作风格，《哑舍》也正因为这样才更加让大家喜欢，为此我也不想改变。实在也是……不知道怎么改变，有些线索都在正篇里啦!若再重复多说一遍，行文就太烦琐啦!

　　总之,在写《古董小传》的时候,我重新阅读了多年前自己写的文,也会经常被感动。

　　我也会鼓励自己,原来当时的我写得这么好,以后无论什么时候都不能输给以前的自己啊。

　　我会继续努力的!

　　感谢晓泊同学的及时交稿,他画六十个人设的难度等同于我写六十个小传,尤其他是按照顺序画的,但我并不是按照书里的顺序写小传的。有时候就会出现……啊呀,我想写这个古董是个汉子,晓泊就要痛苦地把画好的妹子改成汉子的情况……

　　感谢人民文学出版社的胡玉萍老师和涂涂的大力鞭策,不和她们一次次开会就没有这本《古董小传》啊。不过,下回千万不要当面开会了,很容易说着说着就挖新坑啊喂……

　　感谢美编妹子和发行部的老师们,每本书的出版都缺少不了各位的辛苦!

　　最后当然要感谢读完这本书的读者朋友们,感谢大家一直以来的支持!要继续支持我,支持《哑舍》哦!

玄色

于 2017 年 6 月 14 日

图书在版编目 (CIP) 数据

哑舍 . 古董小传 / 玄色著 . —北京：人民文学出版社，2017
ISBN 978-7-02-013141-9

Ⅰ.①哑… Ⅱ.①玄… Ⅲ.①长篇小说—中国—当代
Ⅳ.① I247.5

中国版本图书馆 CIP 数据核字（2017）第 190615 号

责任编辑　胡玉萍　涂俊杰
装帧设计　李思安
责任校对　刘佳佳
责任印制　苏文强

出版发行　人民文学出版社
社　　址　北京市朝内大街 166 号
邮政编码　100705
网　　址　http://www.rw-cn.com

印　　刷　北京千鹤印刷有限公司
经　　销　全国新华书店等

字　　数　149 千字
开　　本　890 毫米 ×1290 毫米　1/32
印　　张　8
印　　数　1—150000
版　　次　2017 年 10 月北京第 1 版
印　　次　2017 年 10 月第 1 次印刷

书　　号　978-7-02-013141-9
定　　价　39.80 元

如有印装质量问题，请与本社图书销售中心调换。电话：010-65233595

The Antique
Shop